Un amor entre las Dunas

CARLA CRESPO

Editado por Harlequin Ibérica.
Una división de HarperCollins Ibérica, S.A.
Núñez de Balboa, 56
28001 Madrid

© 2015 Carla Crespo Usó
© 2016 Harlequin Ibérica, una división de HarperCollins Ibérica, S.A.
Un amor entre las dunas, n.º 101 - 1.4.16

Todos los derechos están reservados incluidos los de reproducción, total o parcial. Esta edición ha sido publicada con autorización de Harlequin Books S.A.
Esta es una obra de ficción. Nombres, caracteres, lugares, y situaciones son producto de la imaginación del autor o son utilizados ficticiamente, y cualquier parecido con personas, vivas o muertas, establecimientos de negocios (comerciales), hechos o situaciones son pura coincidencia.
® Harlequin, HQN y logotipo Harlequin son marcas registradas por Harlequin Enterprises Limited.
® y ™ son marcas registradas por Harlequin Enterprises Limited y sus filiales, utilizadas con licencia. Las marcas que lleven ® están registradas en la Oficina Española de Patentes y Marcas y en otros países.
Imagen de cubierta utilizada con permiso de Fotolia.com

I.S.B.N.: 978-84-687-8097-9
Depósito legal: M-2590-2016

Todo lo que no se da, se pierde
Proverbio indio

Prólogo

Sally se despertó al oír el sonido de la alarma y, como cada mañana desde que había llegado a la India, respiró hondo y cogió aire antes de enfrentarse a un nuevo día que seguro la haría sentirse tan plena como los anteriores. Hacía más de medio año que había dejado Boston para empezar de cero en aquel país. Lo había abandonado todo para dedicarse en cuerpo y alma a los habitantes de aquella región rural del sur de la India: el distrito de Anantapur en Andhra Pradesh. Y si había algo de lo que se había dado cuenta desde el momento en el que había llegado, era que muchos, dando poco, podían hacer cosas realmente extraordinarias. Para esas personas, cualquier pequeña ayuda que se les diera era un mundo.

En esa zona, donde vivían las castas más desfavorecidas del país y las condiciones de vida eran muy precarias, las familias ni siquiera disponían de hogares adecuados. No fue hasta los años 90 que la vivienda se consideró un derecho básico de la sociedad en la India, pero, aun así, en esas poblaciones rurales esto no siempre se cumplía.

La fundación en la que Sally colaboraba trabajaba para

mejorar las condiciones de sus habitantes, siempre desde el respeto a su cultura y sus costumbres. Gran parte de la labor que llevaban a cabo era la construcción de una colonia de viviendas. Se trataba de casas sencillas, que se edificaban utilizando materiales disponibles en la zona y que armonizaban con el entorno tanto en su tamaño como en su forma. Para quienes en ellas moraban, suponían un antes y un después en sus vidas. Los resguardaban de las lluvias monzónicas, del intenso calor y los protegían contra animales peligrosos, como serpientes o escorpiones. El mayor cambio que suponía la entrega de una de estas casas era, ante todo, la integración social.

Los nuevos hogares eran una gran ayuda y contribuían a darle a la gente una vida digna, además de reforzar su autoestima, pues aumentaba el sentimiento de pertenencia a una comunidad. Este logro daba paso a una mayor implicación en tareas tan cotidianas e importantes como acudir a los servicios sanitarios o llevar a los niños a la escuela. Escuela que también había construido la fundación, y de la que ahora Sally era maestra de inglés.

Esa era ahora su nueva vida. Había huido de su acomodada y triste existencia para encontrar la paz y la alegría enseñando a aquellos niños. Se pasó la mano por el cabello, que ya le llegaba por los hombros. ¡Cuánto le había crecido a lo largo de aquel tiempo!

Un año repleto de cambios y de acontecimientos que la habían marcado para siempre. Lo había dejado todo atrás: su casa, su familia, sus amigos... y a Thomas.

El estómago se le revolvió, como siempre que pensaba en él y en todo lo que había sucedido antes de su marcha. Lo apartó deprisa de su mente, pues los recuerdos de lo que había podido ser, y no había sido, le causaban demasiado dolor.

Por suerte, antes de caer en un agujero demasiado profundo, había logrado sacar fuerzas y había tomado una decisión que había cambiado por completo su existencia. La felicidad que le proporcionaba ser maestra de aquellos niños era difícil de igualar y ese sentimiento había arrinconado a otros que le causaban malestar.

Además, allí también había conocido al doctor Ethan...

Capítulo 1

REUNIDOS EN CAPE COD

Un año antes

Charlotte se asomó al porche de su casa de Cape Cod con una preciosa y rolliza niña en brazos. Sintió la brisa del mar en la cara y sonrió al ver a William correr por la playa. Al día siguiente saldría publicada su nueva novela y necesitaba despejar la mente. Estaba nervioso, como si fuera lo primero que escribía y, en cierto modo, lo era.

Miró el reloj. Era casi la hora. Sus invitados debían de estar a punto de llegar. El cumpleaños de la pequeña Emma era al día siguiente. De hecho, habían elegido el día para la publicación del libro en su honor y, como sería un día muy atareado, habían adelantado la celebración de la pequeña a aquella tarde.

Llamó a Will para que entrase en casa y se duchase. No podía aparecer todo sudoroso ante sus amigos.

—Date prisa, cariño, estarán al caer.

Él le dio un apasionado beso en los labios a modo de respuesta mientras apagaba el iPod y se quitaba los cascos.

—Will, no hay tiempo.
—Está bien, está bien, pero esta noche me resarciré... —dijo bromista. Luego se acercó a su pequeña y le dio un cariñoso beso en la mejilla—. Seré rápido.

Una hora más tarde, la pequeña casita de la playa estaba abarrotada de gente: Thomas, Mary Ann, la madre de William, Sally, Henry y hasta la tía Susan. Todos querían agasajar a la pequeña en su primer cumpleaños.

Los regalos se amontonaban junto a la chimenea y Emma, que apenas hacía unos días que había dado sus primeros pasos, se acercó a ellos y trató de rasgar el papel. Pese a su corta edad parecía entender que eran para ella. Mary Ann corría tras la chiquilla para evitar que los abriera.

Sally y Thomas, padrinos de la criatura, sonrieron. ¡Era un diablillo! Parecían haber entablado una bonita amistad y, por su profesión de abogados, también él y Henry congeniaban.

Por su parte, tanto la madre del escritor como la tía Susan estaban encantadas con el papel de abuelas y, aunque la distancia no les permitía ver a su nieta tanto como hubiesen querido, cada vez que surgía la ocasión se desplazaban hasta la Costa Este para visitarla. En el caso de Susan, esto era más sorprendente si cabe, pero los trágicos sucesos acontecidos en St. Andrews le habían hecho comprender que la familia era más importante que el trabajo.

—Muchas gracias a todos por venir —dijo Charlotte mientras entraba en la sala con una apetitosa tarta de chocolate entre las manos y una velita encendida encima.

William apagó las luces y todos cantaron el tradicional *Cumpleaños feliz* mientras Emma se esforzaba por soplar y apagar el fuego. Minutos más tarde, cuando todos comían y charlaban alegremente, Charlotte se giró hacia el escritor.

—¿Ahora?

Él asintió y se puso en pie, captando la atención de los asistentes a la celebración.

—Amigos, hay algo que Charlotte y yo queremos anunciaros —tragó saliva. Estaba emocionado: después de su boda y del nacimiento de su hija, era probable que esto fuera lo más importante que su mujer y él hubieran hecho juntos.

—¡Vais a darle un hermanito a Emma! —exclamó Thomas.

La pareja se miró con complicidad.

—No, pero no vas desencaminado. Este nuevo proyecto en el que Charlotte y yo nos enfrascamos cuando comenzamos nuestra vida en común ha sido casi como un parto.

—Mañana os presentaremos a nuestra nueva criatura.

Todos se miraron extrañados, ¿a qué se referían?

Charlotte rio al ver las miradas de confusión y decidió desvelar el misterio:

—Mañana saldrá a la venta la nueva novela de William.

—Y de Charlotte —puntualizó él—. La hemos escrito de manera conjunta y estamos muy satisfechos con el resultado.

En un arrebato, abrazó a su mujer delante de todos sus amigos, la estrechó con fuerza entre sus brazos y la besó.

Definitivamente, aquella joven pelirroja y atractiva que había puesto su mundo patas arriba cuando apareció en su casa le había cambiado la vida.

—Gracias —le susurró al oído.

Ella se apartó de él lo justo para poder mirarlo de frente.

—¿Por qué?

—Por haberle dado a mi historia el final feliz que me prometiste y que yo no parecía capaz de escribir.

—Te equivocas, Will, esto no es el final. Es el principio.

William la besó en los labios con ternura y pasión. Charlotte lo era todo para él, y ese último año había sido más feliz que en toda su vida.

Sin dejar de darle vueltas a la frase de su mujer, observó interesado a su hermano y a Sally. Se llevaban tan bien. Habían conectado desde el primer momento. Antes, incluso, de verse en persona. Cuando él estaba secuestrado en su mansión de St. Andrews, Charlotte, Thomas y Sally se habían organizado para ir a buscarlo sin saber lo que realmente le ocurría y, en la primera conversación que ambos mantuvieron, y que fue por teléfono, la chispa saltó entre ellos.

Thomas se lo había confesado semanas después del trágico suceso, que se había saldado con la muerte de su primera mujer y con su propia liberación.

En palabras de su hermano: «Desde Alice, nadie había hecho que me palpitara el corazón. Sin embargo, con Sally...». La amiga de su esposa era una mujer divertida, rebosante de optimismo y muy directa. Era un calco de Thomas y, por lo visto, aunque el dicho decía que eran los polos opuestos los que se atraían, parecía ser que los polos iguales también. Quizá esta fuera la excepción que confirmase la regla.

—Tienes razón, cariño —señaló con la cabeza a la parejita, que charlaba animadamente mientras jugaba con su sobrina—. Puede que sea el principio, al menos para ellos.

Charlotte se giró, esperanzada, hacia su cuñado y su mejor amiga.

—Oh, Will, ¿tú crees? No sé... hace ya mucho que se conocen y se llevan muy bien, pero nunca ha pasado nada.

—Bueno, mi hermano desde luego está loco por Sally. La verdad, no sé porque no se lanza. ¿No era él el loco del amor?

—Puede que después de la pérdida de Alice no le sea tan sencillo. Al fin y al cabo, fue su primer amor.

—¡Y de momento el único!

—Veremos qué pasa.

—Sí, veremos... pero si no da el paso tendré que hacerlo por él.

—¡Por Dios, Will! No puedo creer que seas el mismo hombre que conocí en una cafetería de St. Andrews. ¡Ahora eres todo un cupido!

—No exageres —frunció el ceño ante el apelativo que su mujer le daba—. Solo quiero que sea feliz, como yo. Él me hizo ver que no podía dejarte escapar, ¿sabes? Cuando te marchaste a Boston por la enfermedad de tu abuela, él me hizo comprender que, si te quería, debía ir contigo. Me convenció para darle una oportunidad al amor.

Ella le dio un suave beso en la nariz y le sonrió a su marido. Le resultaba duro recordar la muerte de su abuela. Se acordaba de ella a diario, ¿cómo no hacerlo, si junto a ella había decorado esa casa en la que ahora ellos vivían? Los últimos días que había pasado a su lado en Boston habían sido agotadores, pero gracias a la ayuda de sus amigos Sally y Henry y la extraordinaria aparición de William todo había sido más llevadero.

—No sabes cómo me alegro de que lo hicieras.

A modo de respuesta, él la estrechó con más fuerza entre sus brazos y la besó con pasión, sin importarle que estuvieran rodeados por todos sus amigos y familiares.

Capítulo 2

ENTRE LAS DUNAS

Hacía ya largo rato que todos sus amigos se habían ido a dormir. Charlotte y William habían preparado las habitaciones de invitados para acogerlos durante el fin de semana largo, del cual aquel viernes era solo el inicio. El cumpleaños de la pequeña no era más que una excusa para reunir a familia y amigos y pasar unos días felices.

Estaban en junio y el tiempo comenzaba a ser cálido. Daba gusto salir de la ciudad y disfrutar de la calma de la playa. A Sally le encantaba dormirse con el suave murmullo de las olas y, cuando sentía que necesitaba desconectar, venía a la casita de la playa a pasar un fin de semana con sus amigos. Eran muy generosos y siempre era bien recibida.

Sin embargo, ese fin de semana, ni el sonido del mar ni el aroma a salitre la relajaban. Y toda la culpa era de Thomas.

Thomas.

Ese hombre del que se había enamorado perdidamente

desde que lo vio por primera vez en el aeropuerto de Edimburgo. Habían conectado al instante. ¡Eran tan parecidos! Thomas siempre veía el lado bueno de las cosas, era de los que pensaba que las cosas terminaban arreglándose antes o después, tenía tanta energía. Era de esas personas que, a pesar de los palos que les ha dado la vida, saben encontrar un rayo de esperanza y seguir adelante con la mejor cara.

En el caso de Thomas, que había perdido a su mujer el mismo día en que dio a luz a su preciosa hija, ese rayo de esperanza había sido Mary Ann. Vivía por y para ella. Su hija se había convertido en la mujer de su vida. Una adorable y habladora adolescente que caía bien a todo el mundo y que era el ojito derecho de su padre.

Puede que por eso Sally no se atreviera a decirle todo lo que sentía por él. No porque temiese caerle mal a la chiquilla, pues la adoraba. Era porque, precisamente, por todo lo que había vivido, tenía ciertas dudas de que quisiera volver a tener una relación seria. Justo lo contrario que ella.

Estaba harta de ligues y relaciones esporádicas que no llevaban a nada. Quería formar una familia, y quería formarla con Thomas. Tenía claro que era el hombre de su vida.

Suspiró y se apoyó contra la barandilla de la terraza.

—¿Todo bien? —la voz de Thomas provenía de la puerta del porche—. Es tarde.

—Sí. Me apetecía estar a solas un rato. Ha sido una tarde de lo más ajetreada. ¿Y tú? ¿Qué haces todavía despierto?

—Me he quedado trabajando un rato. Entre los dos días que pierdo por los vuelos y el fin de semana aquí voy a tener mucho trabajo atrasado cuando vuelva. Tengo un caso importante y quería adelantar. Pero se me cierran los ojos. Estaba a punto de irme a dormir cuando he visto que seguías fuera.

—Cómo sois los abogados, eres igualito que Henry.

Él sonrió.

—Por eso nos llevamos tan bien —se acercó a ella—. ¿No puedes dormir?

—No. Llevo aquí desde que se han retirado todos. Me gusta la paz que se respira aquí, sentir la brisa del mar en la cara, el olor a salitre...

—Estás hecha toda una poeta.

—Cuando una es profesora, termina siendo casi de todo.

—Ya me imagino. Debe ser complicado mantener a todos esos chiquillos a raya.

—No te negaré que hay días peores que otros —confesó—, pero en general me encanta estar con ellos. Es cuestión de combinar la firmeza con el cariño. Coger ese punto justo en el que te adoran, pero también te tienen el respeto suficiente como para saber cuándo se están pasando.

—¡Así que eres toda una sargento! —bromeó Thomas.

—¡Qué va! En realidad soy una inocentona, pero lo intento disimular.

Ambos se quedaron callados mirando la playa. Hacía mucho que se gustaban. Ambos lo sabían. Pero, por algún extraño motivo, no se atrevían a dar el paso. Sin embargo, aquel día Thomas se atrevió a avanzar un poco.

—¿Te apetece que demos un paseo?

—Creí que estabas rendido.

—No tanto como para no dar un paseo a la luz de la luna contigo.

—¡Eres un romántico!

—Sabes que siempre lo he sido. De los dos hermanos, Will siempre era el que no creía en el amor; y yo, el defensor del amor verdadero —suspiró, recordando a su difunta esposa—. Ha pasado mucho tiempo desde que lo sentí por última vez, pero —la tomó de la mano y tiró con suavidad para que lo siguiera hacia la playa— puede que hoy sea un buen día para ponerle remedio.

Sally sintió como se sonrojaba y respiró aliviada de que la oscuridad no la delatase. Apretó su mano contra la de Thomas y siguió sus pasos.

Bajaron las escaleras del porche y se descalzaron. Mientras Sally terminaba de desabrocharse las sandalias de cuña que llevaba, Thomas no podía dejar de pensar en lo mucho que había pensado en ella en los últimos meses.

La había visto por última vez en el bautizo de su sobrina, de la que ambos eran padrinos, pero de eso había pasado más de medio año. Solían hablar por teléfono e intercambiaban largos emails. Eran amigos, pero eso iba a cambiar. Iba a darle una nueva oportunidad al amor. Siempre que ella estuviera dispuesta, ¡claro está!

Era tan hermosa. Era menuda y delgada y estaba seguro de que cabría a la perfección entre sus brazos. Llevaba el pelo corto y escalonado, lo que le daba un toque moderno. Y, aunque ahora no se distinguía, era de color castaño oscuro. Ese tono oscuro de su cabello contrastaba con unos ojos azules que recordaban a los del propio Thomas.

Caminaron ilusionados por el sendero que atravesaba las dunas y daba a parar a la playa. Parecían dos adolescentes que disfrutan de su amor en una noche de verano. Se acercaron hasta la orilla y Sally metió los pies en el agua todavía helada del inicio del verano.

—Vaya, vaya, tú y tu amiga tenéis algo en común —profirió Thomas, haciendo alusión a lo mucho que le gustaba a Charlotte pasear por la orilla de la playa de St. Andrews—. Parece que os gusta tentar a la suerte. Sal, te vas a resfriar.
—No voy a resfriarme, Tommy. Hace una temperatura estupenda.
Se acercó a ella y la agarró de la cintura, feliz de que lo llamara por su diminutivo.
—¿Estás segura de que no hace frío?
—No.
Él la atrajo hacia él y hundió su cara en el cuello de ella.
—Yo puedo darte calor —le susurró, juguetón, al oído.
Sally se apartó con brusquedad y lo miró muy seria.
—Thomas, no me gustan los juegos. Ya estoy harta de ligues, yo...
Thomas se acercó a ella y la abrazó de nuevo.
—Ahora no te apartarás de mí, Sally Hope —dijo, sujetándola con firmeza—. Sé muy bien lo que quieres. Te conozco más de lo que piensas. Sé que buscas una relación estable y te diré que, si me dejas, eso es lo que yo voy a darte.
—Thomas, vives al otro lado del charco, ¿puedes explicarme cómo pretendes hacerlo?
—Todavía no he pensado en los detalles —se inclinó y la besó con delicadeza en los labios—, pero te aseguro que lo que yo quiero de ti no es una aventura de una noche. Significas mucho más para mí. Desde aquel día en que le arrebataste a Charlotte el teléfono de las manos y te hiciste cargo de la situación no hago más que pensar en ti.
Sally le devolvió el beso, recreándose en sus labios. Thomas tenía unos labios gruesos y carnosos que la volvían

loca. Poder saborearlos era algo con lo que había soñado miles de noches.

—Pienso en ti como solo he pensado en una única mujer. Déjame que te lo demuestre.

Iluminados solamente por la suave luz de la luna, se desnudaron el uno al otro con lentitud, recreándose en cada parte del cuerpo que dejaban al descubierto. El vestido de lino de Sally y la camisa y el pantalón de Thomas cayeron al suelo, dejándolos a ambos solamente en ropa interior.

—Ven —pidió Sally, atrayéndolo hacia el mar que estaba en completa calma—. Verás como no está tan fría —coqueteó.

—No creo que pueda tener frío estando a tu lado.

Thomas siguió sus indicaciones y se sumergió en el agua con ella. Estaba tan acalorado que le pareció que el agua estaba tan cálida como la de una bañera. Sally le pasó las manos por el cuello y le rodeó el cuerpo con las piernas, pegándose a él. Thomas aceptó gustoso el avance y la besó de nuevo, esta vez devorándola con ansia.

Al cabo de unos minutos, Thomas se separó ligeramente de ella y la observó ensimismado. Con el cabello revuelto y enmarañado por sus caricias estaba todavía más hermosa. La cogió entre sus brazos y cargó con ella camino de la arena.

—Necesito sacarte del agua para disfrutar de ti como te mereces —gruñó en su oído—. ¿Has visto *De aquí a la eternidad*?

Sally asintió, recordando el famoso beso entre Deborah Kerr y Burt Lancaster.

—Pues eso no va a ser nada comparado con lo que va a pasar aquí.

Thomas recogió su camisa y la extendió sobre la arena para tumbar a Sally sobre ella.

Ella lo miraba expectante. Apoyada sobre los codos e inmóvil, decidió esperar a que, esta vez, fuera él quien llevara la voz cantante. Thomas se arrodilló junto a ella, mirándola fijamente, y Sally no pudo evitar que un escalofrío le recorriera el cuerpo. Thomas aún no la había tocado pero, viendo el fuego que había en sus ojos, se estremecía al pensar en lo que iba a suceder a continuación.

—Ya no puedo esperar más.

Thomas le quitó el sujetador, empapado tras su pequeño baño, y acarició sus pechos firmes y menudos.

—Llevo más de un año soñando con esto —murmuró con voz ronca de deseo.

Ella arqueó la espalda hacia atrás, disfrutando de las caricias y gimió a modo de respuesta, a lo que Thomas reaccionó introduciéndose uno de sus senos en la boca y lamiéndolo con avidez.

Thomas continuó abriéndose camino para, esta vez, quitarle la parte de abajo. Sally se dejó hacer, entregada. Las manos de Thomas recorrían los rincones más íntimos de su cuerpo proporcionándole un placer que nadie le había dado. Se sentía muy tranquila con él y no sentía ni un ápice de vergüenza, cosa que le había sucedido en otras relaciones anteriores. Quizá fuera por la complicidad que ambos tenían gracias a su ya sólida amistad.

Sally apartó las manos de Thomas y enroscó sus piernas alrededor de sus caderas, dejándole claro lo que quería. Estaba tan excitada que le costaba hablar.

—Thomas...

—¿Sí, Sally? —apenas podía respirar.

—No me hagas esperar más —suplicó.

Thomas respondió a su petición hundiéndose en ella poco a poco, pero Sally, impaciente, lo atrajo con fuerza hacia ella. Se tumbó por completo sobre la arena y sintió el peso del cuerpo de Thomas caer sobre el suyo, excitándose todavía más. Se movieron al unísono mirándose a los ojos, perdiéndose el uno en el otro y olvidando todo cuanto había a su alrededor hasta que ambos estallaron en una ola de placer.

Cayeron rendidos y permanecieron abrazados durante unos minutos, sin hablar, reviviendo cada uno en su mente los últimos acontecimientos.

Thomas acarició la corta melena de Sally, enredando uno de sus dedos en un mechón de pelo y mirándola embobado. Hacía muchos años que no se sentía tan pleno. ¿Cómo había podido tardar tanto en dar el paso? Ahora por fin tendría todo lo que necesitaba para ser feliz, a su hija Mary Ann y a Sally, la mujer que había hecho que volviera a enamorarse.

Sally cerró los ojos, disfrutando de los mimos, y dejó vagar su mente imaginando un futuro con Thomas. Tendrían que reorganizar sus vidas y uno de los dos debería cambiar de ciudad, pero estaba segura de que todo aquello se solucionaría sin grandes complicaciones. Querían estar juntos, y ella tenía la firme convicción de que cuando dos personas se querían nada era imposible.

Thomas se incorporó y miró el reloj.

—Es tarde, será mejor que regresemos —comentó mientras la ayudaba a ponerse en pie y, sin disimulo, se la comía con los ojos.

—¿Ves algo que te guste?

—Todo. Pero espero poder observarlo con mayor detenimiento en mi habitación. Vamos.

Ambos se dirigieron a la casa, con los dedos entrelazados y una leve sonrisa de satisfacción en los labios. Recogieron el calzado en silencio y entraron en la pintoresca casa de madera blanca para subir con cuidado las escaleras que llevaban a las habitaciones y perderse en el dormitorio que Charlotte había preparado para él.

Capítulo 3

EL NOTICIÓN

—Qué suerte que empieces ahora tus vacaciones —musitó medio dormido Thomas a la mañana siguiente—. Después de una noche como la que hemos pasado no soportaría estar separado de ti tanto tiempo.

Sally bostezó y se desperezó. Siempre se despertaba con mucha energía, y aquel día se sentía capaz de todo. Lo bueno de ser profesora era que tenía todo un verano de largas vacaciones ante ella.

—Entonces, ¿quieres que vaya a Londres contigo?

—Por supuesto. A ser posible este domingo y en el mismo vuelo que yo... —se puso en pie de golpe, se acercó a ella y la abrazó por detrás.

Sally se dio la vuelta para mirarlo de frente.

—Thomas, me encantaría irme contigo, pero creo que debería pasar por mi casa antes para organizar mis cosas.

—¿Qué cosas? Mi vuelo sale desde Boston, ¿no tenemos tiempo para pasar por tu piso, que hagas la maleta y viajemos juntos?

Ella sonrió.

—Cariño... has tardado más de un año en declararte, ¿no te sientes capaz de sobrevivir dos días sin mí?

Él la apretó con fuerza.

—No. No me siento capaz. Ahora que sé lo que me he estado perdiendo todo este tiempo no quiero perder ni un solo instante.

—De acuerdo. Pero será mejor que mañana salgamos temprano de aquí entonces.

—Tus deseos son órdenes.

—Así me gusta —replicó satisfecha—. Anda, vamos a desayunar con todos. ¡Espero que no noten nada!

—¿Qué dices? ¡Pienso proclamarlo a los cuatro vientos!

Sally sacudió la cabeza riendo. Thomas se había levantado feliz como un chiquillo el día de Navidad. Ojalá las cosas fueran siempre así.

Charlotte, William y el resto se encontraban ya en la cocina. Mary Ann estaba dándole el biberón a la pequeña Emma y parecía que no se le daba mal la tarea. La tía Susan y la señora Grant tomaban el té animadamente mientras Charlotte y William preparaban tortitas, beicon y huevos revueltos.

—¿Y Henry? —preguntó su hermana.

—Está fuera, en la terraza, leyendo la prensa —replicó Will—. ¿Por qué no sales y le dices que ya está listo el desayuno?

—Ahora mismo.

Sally salió al porche aliviada de no tener a Thomas al lado. Sabía que no iba a tardar ni dos segundos en contar la buena nueva y se moría de vergüenza solo de imaginarlo.

Vio que Henry estaba sentado en una vieja mecedora de madera, leyendo la prensa. No pudo menos que pensar que, aunque su hermano había superado el enamoramiento de Charlotte, todavía le resultaba un poco incómodo estar bajo el mismo techo que William. ¡Al fin y al cabo él había ocupado su lugar!

Sin embargo, Henry era lo suficientemente listo como para comprender que, por mucho cariño que hubiera sentido por Charlotte, no era el amor de su vida. Ahora que Sally por fin sentía que Thomas y ella iban a estar juntos deseaba compartir esa alegría con su hermano. Cuando él encontrase a alguien, la alegría sería completa.

—Buenos días, Henry —saludó.

—Hola, hermanita, ¿qué tal?

—El desayuno ya está listo, ¿vienes?

Él se puso en pie y le pasó el brazo por el hombro.

—¿Me estás ocultando algo, Sally? Te noto diferente.

—Vamos a la cocina. Me temo que no tardarás en enterarte.

Entraron en la cocina y, de repente, se sintió nerviosa. ¿Thomas pensaba soltarlo así, sin más, a todo el mundo? ¿Cómo reaccionaría la hija de Thomas? ¿Y su madre? Se le revolvió el estómago. Ahora ya no sentía ganas de desayunar.

Antes de que pudiera decir algo, Charlotte se echó a sus brazos. ¡Por lo visto su querido Tommy no podía tener la boca cerrada ni un minuto! No se había esperado ni a que ella estuviera presente... Bueno, así se había ahorrado ese trago.

—¡Cómo me alegro, cuñada! —exclamó, enfatizando la última palabra.

Sally no pudo menos que esbozar una sonrisa. Habían sido tan buenas amigas durante tantos años... Siempre había deseado tener una hermana como ella y, aunque nunca había ocultado que deseaba que se convirtieran en cuñadas, la forma en la que el asunto se había resuelto era, cuando menos, curiosa.

Ella que siempre pensó que Charlotte terminaría con su hermano Henry y, ahora, en cambio, ambas salían con dos hombres que eran hermanos.

Henry se giró hacia su hermana y después hacia Thomas.

—¿En serio? —los señaló a ambos con el dedo—. ¿Vosotros dos estáis...?

—Juntos. Así es.

Sally se sonrojó.

—Y, como ya estoy de vacaciones —se giró hacia la madre y la hija de Thomas—, me gustaría pasarlas en Londres—. Fue una afirmación, pero, en cierto modo, lo que quería era que le dieran su visto bueno.

—¡Genial! —chilló Mary Ann, que sentía el mismo afecto por Sally que por su tía Charlotte. Su padre no hubiera podido encontrar una novia que le cayese mejor.

La señora Grant se puso en pie y se acercó a dar un cariñoso abrazo a la joven.

—No puedo creerlo —susurró—, por fin mis dos hijos van a ser felices y a disfrutar del amor que se merecen. Muchas gracias, cariño —se volvió hacia su hijo y lo señaló con el dedo—, ¡más te vale cuidarla!

—¡Eh! Creí que las regañinas estaban reservadas para William, ¡yo soy el hermano bueno!

Todos rieron ante la broma de Thomas, incluso el propio William que, pese a su bondad y generosidad, había vivido durante años solo y se había convertido en un ermitaño malhumorado. Esto es, hasta que Charlotte entró en su vida y lo devolvió a su ser.

—Ten cuidado, hermanito —le replicó mientras sacaba a Emma de la trona y la cogía en brazos—, te veo dentro de poco con una criaturita de estas en brazos y estás desentrenado.

—No, Will —rio Thomas, despreocupado—. Yo ya he pasado por esa fase. Mi hija ya es adolescente y no tengo ningunas ganas de volver a pasar por las noches en vela, los llantos y el cambio de pañales.

A Sally le cambió la expresión por completo al escuchar lo que acababa de salir de su boca, y la angustia la invadió, aunque no dijo nada. No allí, delante de todos.

Siguieron desayunando como si nada, en especial Thomas, quien, sumido en su burbuja de felicidad, era ajeno a las expresiones de preocupación que intercambiaban su madre, Charlotte, William y hasta su cuñado Henry.

Todos ellos se hacían la misma pregunta: ¿Sally estaría de acuerdo en no tener hijos?

Capítulo 4

VERANO EN LONDRES

El fin de semana transcurrió sin más incidentes reseñables: disfrutaron de la presentación de la nueva novela romántica de Will y Charlotte y del tiempo en familia entre bromas y risas.

Como Sally era optimista por naturaleza, borró las palabras de Thomas de su cabeza. Todavía era pronto para pensar en niños. ¡No llevaban ni una semana juntos! Era normal que no quisiera tener hijos ahora mismo, en un futuro ya se vería...

Sally había visto el amor que Thomas sentía por su hija Mary Ann, y lo cierto es que le resultaba imposible creer que no quisiera tener descendencia con ella. Había en sus ojos tanto amor cuando observaba a su hija. Alguien que tenía esa capacidad de amar tenía que querer tener hijos.

El resto tampoco comentó las desafortunadas palabras del mayor de los Grant. No era algo que les concerniera ni en lo que debieran inmiscuirse y, en el fondo, todos pensaban lo mismo que la joven. Ya cambiaría de opinión más adelante. Ahora debían disfrutar su recién estrenada relación y disfrutar de unas buenas vacaciones en pareja.

El domingo por la tarde, Charlotte, William y la pequeña Emma despidieron a sus allegados, que partieron todos hacia Boston. Unos para quedarse, como Henry, y otros para coger vuelos que los llevasen de vuelta a Dublín y Londres.

Thomas y Sally se detuvieron en casa de esta última para preparar el equipaje y se reunieron más tarde en el aeropuerto con la señora Grant y Mary Ann para partir rumbo a Londres y a lo que prometían ser unas vacaciones inolvidables.

La mansión de los Grant se encontraba en Knightsbridge, un barrio elegante lleno de embajadas y consulados.

—¿No te has planteado nunca independizarte?

Thomas pareció dudar ante la pregunta, pero replicó con convicción:

—No.

—Alguien de tu edad, soltero y con una hija que pasa el curso escolar en un internado, ¿no necesita intimidad?

—Lo cierto es que, cuando Alice murió, la ayuda de mi madre fue vital para cuidar a mi pequeña. Además, William ya no vivía con nosotros y, al poco tiempo, mi padre también nos dejó —hizo una pequeña pausa para coger aire—. Hace años que no necesito que mi madre se ocupe de Mary Ann, yo me desenvuelvo bien, pero nos hacemos compañía mutuamente.

Sally asintió y Thomas comprendió el porqué de su pregunta al ver un atisbo de tristeza en sus ojos.

—Aunque puede que las cosas sean diferentes ahora...

—¿Sí?

—Sí. Puede que mi nueva pareja quiera un poco de esa intimidad de la que habla —dijo, pellizcándole la nariz—. Vamos a pasar el verano en la casa de la familia y, cuando decidamos en qué continente vamos a vivir, ya nos plantearemos comprar nuestra propia casa. No corras tanto.

—Tienes razón.

Sally comprendía a Thomas, sus razones le parecían lógicas y sensatas, pero no por ello las aceptaba con gusto. Llevaba un año bebiendo los mares por él, deseando que se le declarase (porque ella, tan echada para adelante en tantas cosas, no lo era en los asuntos amorosos; al menos, no en los serios) y ahora lo quería todo. No quería esperar más. Por desgracia, no le quedaba otra.

Suspiró mientras entraban en la mansión Grant. Paciencia. Estaba claro que no era una de sus virtudes.

Los días de verano se sucedían veloces y Thomas paseaba su recién estrenada relación con orgullo. Su nuevo amor se llevaba a la perfección con su madre y su hija, era la mejor amiga de su cuñada y él compartía profesión con su hermano. ¿Qué más podía pedir? Todo iba a las mil maravillas.

Habían pasado ya muchos años desde que había perdido a su mujer y, aunque nunca la olvidaría ni dejaría de amarla, estaba preparado para volver a la vida en pareja.

Él no tenía vacaciones hasta agosto, pero se las arregló para organizarse en el despacho y tener las tardes y los fines de semana libres. Llevaba años trabajando sin descanso, por lo que podía permitírselo. Ya se ocuparían sus socios de suplirlo. ¡Se lo merecía!

Y, así, Sally pasaba las mañanas de compras con Mary Ann, disfrutando de los museos en compañía de la señora Grant y dando largos paseos por los verdes parques de Londres, mientras que las tardes las disfrutaba con Thomas.

A veces, tenían tantas ganas de estar juntos que no querían ni salir de casa, pero otras veces salían por ahí: a cenar, a tomar una copa, a ver una obra de teatro...

—Quiero ver un musical —le pidió un día la joven—. Me encantan, pero en Boston no hacen muchos y no suelo tener tiempo de ir a Nueva York para verlos.

—¿Un musical? ¡Por Dios, Sally! Los odio... ¿Sabes que cuando era niño y veía una película de dibujos animados pasaba los fragmentos de las canciones porque me aburrían soberanamente?

—Anda... ¡hazlo por mí!

—De acuerdo. Si me miras con esos ojitos de niña buena no puedo decirte que no. Haces de mí lo que quieres.

—Lo sé.

—¡Pero bueno! —exclamó él, divertido—. ¿Te parece bonito reconocer que me engatusas para conseguir lo que quieres?

—No puedo mentirte, Tommy —le encantaba llamarlo por su diminutivo, ahora que se habían conocido más. Mucho más.

—Qué le vamos a hacer. Es la verdad. No creo que nunca pueda negarte nada.

—Voy a grabar estas palabras en mi mente y, algún día, cuando lo hagas, te las recordaré.
—De momento no las he incumplido. Ven, vamos a ver qué musical quieres. ¿Qué te parece el de *Wicked*?
—Me parece perfecto.

Un mes después, a finales de julio, la pareja ya había visto prácticamente todos los musicales del West End, empezando por el de la tierra de Oz para seguir con *Mamma mia*, *El rey león* y *El fantasma de la ópera*, entre muchos otros.
—¡Dios! —exclamó Thomas al salir del teatro aquel día—, no puedo creer que me hayas traído a ver *Grease* también.
—No te quejes, hubiera venido con Mary Ann, pero como la has enviado a pasar unas semanas a Cape Cod con sus tíos...
—¿Te molesta?
—En absoluto. Will y Charlotte la adoran y a ella le encanta jugar con la pequeña Emma.
—¿Entonces? ¿Por qué ese mohín que veo en tu cara?
—No es nada.
—Venga ya, Sally, cuando una mujer dice «nada» es un «algo» como una casa. Mejor dicho, como una catedral. ¿Desde cuándo no tienes confianza conmigo para decirme las cosas?
Se detuvieron en un semáforo y Thomas aprovechó para llamar a un taxi. Subieron y, tras darle la dirección, Sally titubeó:
—Es una tontería, Tommy, yo...
—Cariño, no tengas miedo de decirme lo que sien-

tes. Cualquier cosa que para ti sea importante lo es para mí.

—Me hubiera gustado sentir que, en cierto modo, somos una familia. Sé que Mary Ann no es mi hija, pero quisiera ser alguien importante en su vida.

—Y lo serás. Igual que ya lo eres en la mía. Vosotras dos sois mi razón de vivir, no sé qué haría si os perdiese. No podría volver a soportarlo... —murmuró en clara alusión al fallecimiento de su primera esposa.

—No nos perderás —le dijo Sally mientras le acariciaba el cabello y le daba un cariñoso beso en la frente.

—No lo soportaría, Sally, yo... —la voz se le quebró a Thomas por el dolor—. No permitiré que nada malo te suceda. Nunca.

—Eso no está en tu mano, Thomas.

—Puede ser. Pero si en algún momento algo amenaza mi felicidad haré todo lo que pueda para evitarlo.

El taxi se detuvo frente al hogar de los Grant y, tras pagar la carrera, ambos entraron en la casa. Sally, consciente del extraño cambio de humor que había sufrido su hombre, se propuso animarlo. Sabía lo dura que le había resultado la muerte de Alice. Ella había sido su primer amor y entendía que pasar dos veces por lo mismo sería demasiado sufrimiento para una persona.

—Anima esa cara, hombretón. Detesto ver ensombrecidos esos preciosos ojos azul cielo.

—Tienes razón. No sé por qué me angustio pensando en cosas que todavía no han sucedido, pero te repito, Sally, que nunca permitiré que nada ni nadie te aparte de mí.

—Nunca nos separaremos. Te lo prometo.

—Así me gusta —dicho esto, tomó la cara de Sally entre sus manos, la atrajo hacia él y la besó con furia. Casi con rabia—. Nada ni nadie te separará de mí —repitió como un mantra para sí—. Nunca. La vida me ha dado una segunda oportunidad y no voy a desperdiciarla.

Lo que Sally no imaginaba era lo que en realidad encerraban las palabras de Thomas.

¿Y si lo que él hacía para salvaguardar su felicidad arruinaba la de Sally?

Capítulo 5

VUELTA A LA REALIDAD

Las vacaciones estaban llegando a su fin. Dentro de dos semanas, Sally tendría que regresar a Boston para empezar a preparar el nuevo curso escolar. Habían disfrutado tanto de aquellos días juntos, sin preocupaciones, que no habían querido afrontar que antes o después llegaría el momento en el que tendrían que despedirse y, en vez de sentarse a hablar y tratar de encontrar una solución, habían ignorado el asunto por completo. Como consecuencia, ahora se encontraban con que cada uno debía volver a su vida y a su trabajo y, por ende, separarse.

Mientras paseaban por Green Park cogidos de la mano ambos lamentaban no haber sido más previsores. El verano se les había ido de las manos y ahora no les quedaba otra opción que asumir que, al menos durante un tiempo, iban a tener que mantener una relación a distancia.

—¿Por qué no dejas tu trabajo?

—¿Te has vuelto loco? —replicó escandalizada Sally—.

¡Faltan dos semanas para que empiece el curso! La directora me mataría...

—¿Tú crees?

Ella asintió.

—No creo que le hiciera mucha gracia que, a falta de unas semanas para empezar las clases, una de sus profesoras más valiosas dejase el trabajo.

—De las más valiosas, ¿eh? —murmuró divertido Thomas al ver cómo se daba bombo su chica.

—¡La más valiosa! ¿Cuántas licenciadas por Harvard conoces tú que trabajen como profesoras en un humilde colegio de barrio?

—Solo una —replicó, dándole un cariñoso beso en la nariz—. Y siempre me he preguntado el motivo. ¿Tan importante es ese trabajo para ti? ¿Tanto como para que nos separemos?

—Mira, Thomas, sé que tú no puedes dejar el bufete, ni a Mary Ann... Sé que a la larga tendré que ser yo la que me traslade a Londres, pero esos niños son importantes para mí.

—No lo entiendo.

Sally se rascó la cabeza, preguntándose por dónde empezar.

—¿Sabías que soy adoptada?

Thomas la miró sorprendido. Charlotte y William nunca le habían contado nada de eso.

—Ven, sentémonos.

Sally tiró de su brazo y lo obligó a seguirla hasta uno de los pocos bancos que se encontraban a la sombra.

—No somos hermanos biológicos. Henry y yo, me refiero. Mis padres no podían tener hijos, así que se decidieron a adoptar. A Henry lo acogieron cuando tendría tres o cuatro años, había vivido hasta entonces en un orfanato. En cambio, lo mío, fue diferente —hizo una pausa para coger aire y continuar—. Mi madre era una chica joven que prefirió darme en adopción al nacer en vez de hacerse cargo de mí... —agachó la cabeza para ocultar una pequeña lágrima.

—Eh —murmuró Thomas, cogiéndola de la barbilla y obligándola a mirarlo a los ojos—. No quiero verte triste. Tú siempre rezumas alegría... No soporto verte así.

—Lo sé, pero es inevitable cuando recuerdo esto. Mi madre no quiso quedarse conmigo porque pensó que yo arruinaría su juventud, pero, por fortuna, me dio la oportunidad de tener una vida feliz. ¡Imagínate que en vez de darme en adopción hubiera elegido abortar!

La última palabra apenas fue un susurro.

Thomas se estremeció. No solo porque el hecho de pensar que Sally podría no haber existido le resultaba abrumador, sino por los recuerdos que esta conversación le traía a él.

—Alice, mi difunta mujer, murió a causa de una infección al dar a luz a Mary Ann —explicó—. Me enteré de la triste noticia antes de poder ver a la pequeña, y no voy a negarte que, por un pequeño y brevísimo momento, deseé darla en adopción. ¿Cómo iba a cuidar a alguien que había causado la muerte de la persona que yo más amaba?

—Thomas... —ella le acarició la mejilla. Comprendía los pensamientos que habían pasado por su cabeza, pero sabía que, en el fondo, la bondad de Thomas no le hubiera permitido hacer eso.

—No, Sally, sé lo que piensas. Crees que no hubiera sido capaz de darla en adopción, pero no sabes el resentimiento que yo tenía en ese momento. Sin embargo... —

sonrió—, cuando trajeron a esa criaturita diminuta e indefensa que apenas si podía abrir los ojos y la pusieron entre mis brazos... Nunca he sentido más amor que en ese momento. Es diferente a cualquier cosa que puedas imaginar.

Ella lo besó, cariñosa. Las palabras de Thomas le daban tranquilidad. Era una persona generosa y buena. Antes o después cambiaría de opinión respecto a lo de tener hijos. No debía presionarlo.

Ambos se quedaron callados durante unos minutos, sumidos en sus propios pensamientos. Thomas interrumpió el silencio:

—Bueno, no has terminado de explicarme el motivo por el que ese colegio es tan especial para ti.

—No es nada concreto, ¿sabes? Pero me gusta mucho mi trabajo. Siempre quise trabajar con niños, me encantan. Me costaría mucho venir aquí y de pronto ser la señora Grant y dejar atrás toda mi vida anterior. Cuando estoy dando clase soy feliz. Así de simple.

—Entiendo.

—Pero eso no quiere decir que no pueda buscar un empleo en Londres más adelante... Estoy segura de que los niños británicos son igual de adorables. Mary Ann es el ejemplo perfecto, menos mal que cambiaste de opinión y te quedaste con ella.

Thomas la estrechó entre sus brazos.

—En cambio, yo no entiendo cómo pudieron desprenderse de ti. Ahora eres hermosa, pero debiste ser un precioso bebé con tus grandes ojos azules.

Sally se apretó contra su pecho. El hecho de que su madre biológica la hubiera dado en adopción era una espinita que nunca se quitaría, pero sus padres adoptivos, que para ella eran su verdadera familia, le habían enseñado a ver el lado bueno de las cosas. Había tenido una infancia feliz, tenía un hermano que la adoraba y unos padres que la querían con locura. Además, había tenido el privilegio de estudiar en los mejores colegios y universidades e impartía literatura a niños a los que la unía un estrecho vínculo. ¿Qué más podía pedir?

—Olvídalo, Tommy. Los dos tenemos un pasado, pero ahora somos felices. No hay que darle más vueltas.

—Tienes razón. Vas a perderme de vista un tiempo porque no puedes dejar tus clases ahora, pero no te desharás de mí con tanta facilidad. ¿Crees que para después de Navidad podrías trasladarte a Inglaterra?

Sally sopesó la idea. Si avisaba ahora a la directora, esta tendría tiempo de sobra de encontrarle un sustituto. Y así dejaría todos sus asuntos en Boston organizados. Estaba segura de que sus padres y Henry la echarían de menos, pero, como el dinero no suponía un problema, a buen seguro se verían con frecuencia. Además, eso le daba margen para buscar un nuevo empleo en Londres, algo a lo que no pensaba renunciar ni por asomo.

—Yo creo que sí que podría organizármelo.

—Está bien. Yo iré a verte por Halloween. Siempre he querido ver cómo celebráis los yanquis esa fiesta.

—De acuerdo. Lo pasarás bien, y Henry se alegrará mucho de verte de nuevo.

—¡Y podré conocer a tus padres!

—Sí, eso también —respondió a regañadientes.

Con esta promesa, regresaron a casa y disfrutaron de los días que les quedaban juntos. Cuando llegó el momento de despedirse, a pesar de la tristeza que sentían, lo afrontaron con positividad.

Se despidieron en el aeropuerto de Heathrow con un largo y apasionado beso. Había sido un verano maravilloso que, por desgracia, había terminado. Sally se sintió como Sandy en *Grease* cuando esta debe despedirse de Danny Zuko, pero se sobrepuso enseguida.

«Solo serán dos meses», se dijo a sí misma.

No tenía ni idea de que iba a ser mucho menos.

Capítulo 6

EL DESCUBRIMIENTO

Dos días después de su regreso a la capital de Massachusetts, Sally descubrió algo terrible. No se había preocupado hasta ese momento, porque ella siempre había sido muy irregular. Pero le parecía demasiado tiempo. Thomas y ella habían tomado precauciones en sus relaciones, excepto una única vez: la primera.

«Ya sería mala suerte», pensó.

No es que ella no quisiera ser madre, era una de las cosas que más ansiaba en el mundo, pero no quería serlo ahora. Ahora que iba a pasarse dos meses sin ver a Thomas. Ahora que todavía no habían hablado en serio del asunto de tener hijos. Ahora era demasiado pronto.

Y lo curioso era que ella nunca había pensado que se quedaría embarazada sin quererlo. Era adoptada. Su madre biológica había sido una adolescente alocada que se había quedado embarazada y no se había sentido capaz de hacerse cargo de su bebé. Desde que lo supo, siempre había tomado precauciones en ese aspecto.

Siempre.
Excepto aquella noche en la playa.
No podía ser tan grave. Era una mujer adulta. Tenía un trabajo. Y Thomas la quería. Le había dicho que nunca le negaría nada. Puede que al principio le costase asimilarlo, pero él era un buen padre, quería a Mary Ann, así que seguro que cambiaría de opinión respecto a lo de tener hijos.

En cualquier caso, lo primero era hacerse una prueba para estar segura. Puede que solo fuera una falsa alarma.

Cruzó los dedos.

Esa misma tarde se dirigió a la farmacia para comprar un test de embarazo. Tendría que esperar al día siguiente para hacérsela, ya que eran más efectivas con la orina de la mañana. Eso significaba una noche más de incertidumbre.

Cenó temprano y se fue a dormir. Cuando antes se acostara, antes se levantaría y saldría de dudas. La noche se le hizo eterna, no lograba conciliar el sueño y quería hablar con Thomas, pero la diferencia horaria no ayudaba y no quería preocuparlo. ¡Cómo odiaba tenerlo tan lejos! Solo llevaban dos días separados y le parecía una eternidad. Ella, que se había dicho tan campante que dos meses no eran nada.

A las seis de la mañana abrió los ojos. Incapaz de volver a descansar, se fue al baño como una bala. La espera se le hizo eterna, pero cuando llegó el momento de coger la prueba y comprobar el resultado, Sally no se atrevió.

De pie, en pijama, en medio del baño y sin atreverse a mirar el test de embarazo que descansaba sobre el lavabo, se preguntó qué hacer. ¿Y si llamaba a Thomas? Era horrible tener que hacer eso ella sola.

Algo en su interior le decía que la primera reacción de

Thomas a la noticia no iba a ser demasiado alegre si salían dos rayas... Así que, como lo que buscaba era apoyo moral, se decidió por otra persona.

—¿Sally? —preguntó una voz somnolienta al otro lado de la línea—. Menos mal que tengo una niña pequeña y ya estoy despierta. Otra te hubiera mandado a...

—A la mierda, sí. No hace falta que te contengas.

—Mira que eres fina —replicó Charlotte irónica—. Y, ahora en serio, ¿pasa algo? No es normal que tú estés despierta a estas horas.

Sally no respondió. Se balanceó sobre sí misma, soportando el peso de su cuerpo primero sobre un pie y, luego, sobre el otro. ¿Cómo explicarlo?

—Creo que estoy embarazada.

—¿Qué?

—Lo que oyes. Tuve el periodo por última vez justo antes de visitaros en Cape Cod.

—¿Me estás diciendo que hace dos meses y pico que no te viene la regla y te has empezado a plantear lo del embarazo, ahora? —preguntó Charlotte escandalizada.

—Mira, no te pongas así... En todo caso tendría que ser yo la histérica, y más después de lo que Thomas comentó en vuestra casa. En fin. Sabes que soy muy irregular. No le había dado importancia, pero ayer me noté... —se mordió el labio—. No sé, algunos síntomas, y empecé a ponerme nerviosa.

—¿Qué síntomas?

—Mis tetas. No veas cómo están. Enormes.

A pesar de lo tenso del asunto, ninguna pudo contener la risa ante semejante afirmación.

—Vale. Tienes que hacerte una prueba de embarazo.

—Ya me la he hecho —confesó Sally.

—¿Y?

—Y no lo sé. ¿Por qué crees que te llamo a estas horas? No me atrevo a mirar el resultado.

—De acuerdo. Ahora estamos juntas. Venga, Sally, míralo, tú no eres ninguna cobarde.

Sally se acercó al lavabo y cogió la prueba. La miró una y otra vez, para asegurarse de que lo que veía era real.

—Ya la he mirado —informó a Charlotte—. Bingo.

Lo primero que hizo Sally después de colgar el teléfono fue pedir cita a su ginecóloga. Si sus cálculos no le fallaban, debía estar de unas diez semanas, casi tres meses. Era urgente que un médico la examinara y le hicieran la primera ecografía, seguro que tenía que tomarse vitaminas o algo por el estilo. ¡Ay! ¡Un bebé! Thomas y ella iban a ser padres.

No era el mejor momento. No lo era. Pero ahora que sabía con certeza que estaba embarazada no podía evitar sentirse feliz. Afrontaba la situación con optimismo. Seguro que cuando se lo dijera a Thomas reaccionaría bien. Tenía un gran corazón, estaba convencida de que él también se ilusionaría con la idea de ser padre.

La cuestión era: ¿cómo iba a decírselo?

Capítulo 7

LA BOMBA

Con la excusa de que lo echaba mucho de menos, Sally convenció a Thomas para que le hiciese una visita exprés, al fin y al cabo el dinero no era problema.

Lo tenía todo planeado: al día siguiente de su llegada saldrían a comer y soltaría la bomba; después tenían cita con el médico.

Lo recogió en el aeropuerto y los abrazos, los mimos y las sonrisas cómplices de Thomas le subieron la moral. Todo iría bien. Lo presentía.

La noche transcurrió tranquila. Por suerte, su chico había llegado tan cansado del largo viaje que no se percató de que apenas había probado bocado en la cena ni de que, sin ser consciente de ello, se tocaba el vientre de vez en cuando.

Sally contuvo las náuseas, que habían aparecido como por arte de magia al saberse embarazada, como pudo, dando bocados pequeños y acompañando la comida de unas galletitas saladas, una de las pocas cosas que le sentaban bien. No solía tener angustia a lo largo del día, pero era llegar la noche y el estómago se le ponía del revés.

Este no era el único efecto secundario que el embarazo había provocado en ella.

No.

Las hormonas la estaban volviendo loca.

Y no era por los cambios de humor, que también, sino porque tenía la libido por las nubes. Por suerte, esa noche tenía a Thomas en su cama y él saciaría su apetito. «Ya que soy incapaz de comer por las náuseas, al menos lo compensaré por otro lado», pensó picarona.

A la mañana siguiente, Sally se despertó encontrándose como una rosa. No había ni rastro de las náuseas y de pronto toda la comida le parecía exquisita. Pese a los nervios que sentía por tener que darle la gran noticia a Thomas, se sentía más tranquila. Tenerlo cerca la hacía sentirse mejor.

Tenía cita con su ginecóloga a media mañana, así que le propuso a Thomas, que todavía permanecía ajeno a todo aquello, ir a tomar un brunch fuera de casa. La idea era soltar la noticia después de haber comido algo y justo antes de acudir a la consulta. Tenía que ir al médico, así que, aunque le entrase miedo escénico, iba a tener que contárselo sí o sí. No habría escapatoria. Ni para ella ni para él.

Estaban terminando de comer cuando se dio cuenta de que llevaba varios minutos en silencio y con la mirada perdida. No podía dejar de pensar en lo que se les venía encima.

—Bueno, Sally —la abordó Thomas, que se había percatado de su extraña actitud—, sabes que estoy encantado de haber venido a verte, de que me echaras de menos y de que insistieras para que adelantara mi visita, pero... no soy imbécil. Sé que te pasa algo y que no has querido decírmelo por teléfono —hizo una pequeña pausa—, ni tampoco anoche.

Ella lo miró, nerviosa. ¿Tanto se le notaba? Lo cierto es que nunca se le había dado especialmente bien mentir. Y aunque, en realidad, lo único que había hecho era ocultarle información, en el fondo era lo mismo. O eso les hubiera explicado a sus alumnos: no decir toda la verdad estaba igual de mal que mentir. Pero, ¿qué haces cuando tienes miedo de que la verdad haga que se desmorone tu felicidad?

Respiró hondo y lo miró a los ojos, ella no era una cobarde. Era valiente, siempre afrontaba las cosas de frente y creía en eso de que no hay que preocuparse por los problemas sino ocuparse, así que se lanzó sin más. A lo bruto: sin anestesia y sin red.

—Estoy embarazada.

Había soltado la bomba y por unos momentos no sucedió nada, como si esta no hubiera llegado al suelo o al llegar hubiera fallado el mecanismo de activación. Estaba casi a punto de empezar a respirar aliviada cuando se dio cuenta de que sus palabras habían sido peor que la bomba nuclear de Hiroshima para Thomas.

—¿Qué? —bramó él con la cara desencajada por completo.

—Estoy embarazada —repitió como un mantra, porque no sabía muy bien qué decir ante la reacción de él.

—No puede ser, no puede ser... Siempre hemos tomado precauciones.

—Thomas —replicó Sally un tanto nerviosa, ahora que había comprobado que la cosa no iba a ser tan sencilla—, no siempre las hemos tomado.

Él la miró con los ojos muy abiertos. Lo recordaba perfectamente. Aquel maravilloso encuentro entre el mar y las dunas. Tenía tantas ganas de tenerla por fin entre sus brazos que ni siquiera había pensado en ello. Pero hacía mucho de eso... ¿Había estado Sally ocultándole la noticia todo este tiempo?

Repiqueteó con los dedos sobre la mesa, en un gesto que hizo que ella se sintiera más incómoda todavía. ¡Ni que fuera culpa suya! Los dos tenían parte del mérito en aquel «logro».

—¿Cuánto hace que lo sabes?

—Unos pocos días. Desde que empecé a insistir para que adelantaras el viaje.

Thomas suavizó la expresión. No tenía motivos para dudar de ella: la conocía bien. Estaba claro que tampoco era algo que Sally hubiera planeado. Se relajó un poco.

Todavía estaban a tiempo de solucionar el problema.

—Tenemos cita con la ginecóloga ahora —continuó ella.

—Bien. Ella podrá explicarnos mejor todas las opciones que tenemos.

—¿Qué quieres decir, Thomas? —Sally enarcó una ceja, intuyendo a qué se refería Thomas.

—Nada, Sally, olvídalo —sería mejor no seguir por ahí hasta que no estuvieran en la consulta. No le convenía ponerla nerviosa. De todas formas, él lo tenía muy claro, ni por asomo iba a poner en peligro la vida de Sally.

Haría lo que hiciera falta para salvaguardar su felicidad.

Capítulo 8

EN LA CONSULTA

Caminaron en silencio hasta la consulta de la Dra. Rivers, su ginecóloga de confianza desde que era adolescente. Thomas no había vuelto a abrir la boca: habían pagado la cuenta y, sin cruzar palabra, se había levantado de la mesa y había seguido a su chica que, muy secamente, le había informado de que, de momento, lo único que tenía era la prueba de embarazo, y había estado esperando a que él llegase para ir al médico. Él había sido incapaz de responder con palabras, así que había asentido con la cabeza, se había puesto en pie y la había seguido.

No podía creer que hubiera sucedido justo lo último que deseaba que ocurriera. ¡Sally embarazada! No, se negaba a volver a pasar por aquello. Ahora que había encontrado a alguien con quien compartir su vida... Se pasó la mano por la frente, que estaba sudorosa, y recordó el terrible momento en el que supo que Alice había muerto al dar a luz a su hija Mary Ann. No estaba preparado para pasar por algo así.

Era cierto que habían pasado muchos años y que el porcentaje de muertes en el parto se había reducido de manera drástica en los últimos años, pero, aun así, si podía evitarlo, lo haría.

Sally caminaba con paso firme y mirando al suelo. No le había gustado nada la reacción de Thomas ante la noticia de que iban a ser padres: ni sus palabras, ni sus formas y mucho menos el silencio que los envolvía.

Minutos más tarde llegaron al edificio en el que se encontraba la clínica. Los hicieron pasar a una sala de espera y se sentaron hasta que oyeron la voz de una enfermera que los llamaba:

—Sally Hope, pase, por favor.

Con Thomas pisándole los talones, entró en la consulta. Se sentaron en las dos sillas que la doctora tenía frente a su mesa.

—Hola, Sally, ¿qué tal? —le preguntó.

—Bien. Creo que estoy embarazada —le tembló la voz al decir esto último.

—¿Crees? —la doctora Rivers sonrió y, sin dejar de mirar la pantalla del ordenador, le preguntó—: ¿Cuándo fue tu última regla?

—Pues el 15 de junio... La verdad es que mis periodos son muy irregulares y por eso no me había preocupado hasta hace muy poco.

—Bien —anotó un par de cosas más en la ficha de su paciente y se puso en pie—. Pasa a ese cuartito y desvístete de cintura para abajo, te tapas con una sabanita y vienes para aquí. Voy a preparar el ecógrafo.

Sally hizo lo que le había ordenado.

—Voy a hacerte una ecografía vaginal, porque todavía es pronto —explicó la doctora mientras preparaba el material. Sally asintió nerviosa y se giró para mirar a Thomas, que permanecía inmóvil, sentado frente a la mesa de la doctora, y con la mirada perdida—. El futuro papá puede acercarse también —murmuró divertida la ginecóloga.

—¿Eh?

Thomas se giró hacia las dos mujeres, que lo observaban expectantes, y se dio cuenta de que lo estaban esperando a él. Sin muchas ganas, se puso en pie y se acercó a ellas.

—Pues ya estamos todos.

Durante un par de minutos, la Dra. Rivers permaneció callada, concentrada en lo que estaba haciendo. Sally y Thomas esperaban, cada uno con unas expectativas diferentes, a que les dijese algo.

—¿Veis eso de ahí? —exclamó de repente, sacándolos a ambos de sus pensamientos, mientras señalaba el saco gestacional y el diminuto embrión que había en su interior—. ¡Enhorabuena! ¡Vais a ser padres!

Thomas gruñó y forzó una sonrisa educada, él no pensaba que estuviera de enhorabuena. No le veía el lado bueno por ningún sitio. Sally se removió inquieta. Había escuchado muchas cosas acerca de las primeras semanas de un embarazo y quería que la ginecóloga le confirmara que todo estaba bien. Hasta que no lo hiciera, no respiraría tranquila.

—¿Queréis escuchar el latido?

Antes de que pudieran responder, y bajo la atenta mirada de la doctora Rivers, unos apabullantes latidos se hicieron oír en la habitación. Un ritmo fuerte y veloz que resonaba con firmeza y que hizo que se preguntaran cómo una cosita tan pequeña podía producir algo tan fuerte.

Sí, y ninguno de ellos se refería al volumen del latido.

Era un sentimiento demasiado poderoso como para explicarlo con palabras.

Sally se sentía abrumada, emocionada y feliz. Sin poder evitarlo, una lágrima de alegría recorrió su mejilla. Trató de ocultarla para que Thomas no la viera, pero este la vio por el rabillo del ojo.

Se metió la mano en el bolsillo y sacó el móvil.

—Disculpad —murmuró enseñando el aparato—. He de hacer una llamada urgente.

Dicho esto, salió de la consulta como alma que lleva el diablo.

—Tranquila, cariño —le susurró la doctora a Sally mientras terminaba la ecografía—, a veces les cuesta asumir la paternidad.

Sally contuvo las lágrimas, las de felicidad y las de decepción. Thomas era un padre estupendo, no tenía miedo a la paternidad, lo que pasaba es que no quería tener un hijo con ella. ¿A santo de qué había salido si no, huyendo de la consulta con la excusa de hacer una llamada? ¿Qué iba a hacer ahora? Porque, si de algo estaba convencida, era de que ella iba a tener ese bebé.

Se vistió de nuevo y esperó a que la ginecóloga le diera todas las indicaciones pertinentes. Suerte que lo anotó todo en un papel, porque no la estaba escuchando. Debía ir con urgencia a hacerse analíticas y tenía que coger cita para la ecografía del primer trimestre, donde medirían el pliegue nucal del feto, además de hacerse la prueba del triple cribado, necesaria para detectar las posibles anomalías cromosómicas del futuro bebé. ¡Ah, y no debía olvidarse de tomar ácido fólico! Ya salía de la consulta cuando la voz de su doctora la hizo girarse.

—Sally —la llamó con cariño—. Ten —dijo a la vez que le tendía la imagen de la ecografía impresa.

La cogió, la miró una y otra vez y luego la apretó contra su pecho, agradecida por el gesto. Estaba enfadada y disgustada con Thomas, pero a la vez sentía una felicidad difícil de explicar. ¿Cómo podía algo del tamaño de una oliva despertar en ella tanto amor?

Una vez que hubo cogido cita para la próxima visita, a la que acudiría con los resultados de todas las pruebas a las que debía someterse, se marchó a toda prisa y buscó a Thomas desde el portal. Lo localizó sentado en un banco en una esquina de la calle. Seguía hablando por teléfono. ¿Qué podía ser tan urgente como para que la hubiera dejado tirada en medio de la ecografía? ¿De su primera ecografía?

Era probable que las hormonas la hubieran poseído, porque en ese mismo instante, cuando lo vio tan tranquilo, con el móvil en la mano, como si la cosa no fuera con él, sintió que la bilis le subía por la garganta. Ni felicidad, ni amor, ni decepción, ni tristeza, ¡ni hostias! Estaba total, absoluta y completamente furiosa con él. ¿Qué se había creído?

Se acercó a él apretando los puños y conteniendo la rabia y, de un manotazo, le tiró al móvil al suelo.

—¿Se puede saber de qué vas? —espetó.

—Sally...

Thomas la miró nervioso. Había metido la pata hasta el fondo al salir corriendo de la consulta. Lo sabía. Aunque no esperaba que su chica fuera a reaccionar de esa manera. Nunca la había visto tan enfadada.

—Perdona, ya sé que no debería haberte dejado sola ahí dentro, es que...

—Ni es que ni nada. ¡No hay excusa para lo que has hecho!

—Lo siento, Sally —se agachó a recoger el móvil del suelo y trató de acercarse a ella.

—¡No me toques! —chilló, alejándose de él—. ¿No eras tú el que siempre iba a velar por mi felicidad? ¿El que solo quería cuidarme y que fuera feliz? Pues esta era tu primera oportunidad para demostrarlo, y mira lo que has hecho.

—Vale, tienes razón, no sé qué me ha pasado —no era el mejor momento para ponerse a dar explicaciones. Estaba claro que ella no iba a atender a razones.

—Yo sí lo sé —siseó.

Thomas la miró confuso. ¿A qué se refería?

—No me mires con esa carita. Lo he sabido desde que te he dicho que estaba embarazada. No lo has dicho con palabras, pero quieres que aborte, ¿verdad? Eso es lo que has insinuado antes.

Él la miró con los ojos muy abiertos. Sí, eso era justo lo que había pensado esa mañana, que todavía estaban a tiempo de poner una solución. No respondió.

—¿No vas a decir nada?

Sally lo miró con lágrimas en los ojos. El enfado iba esfumándose, reemplazado por una tristeza muy profunda que la estaba partiendo en dos.

Quería a Thomas, llevaba ya más de un año queriéndolo, pero, si de algo estaba convencida después de haber escuchado el sonido de su corazón, era que, por encima de todo, quería a ese bebé. Nada ni nadie iba a impedir que lo tuviese.

Thomas se acercó a Sally y le pasó el brazo por encima del hombro. Esta vez ella no se apartó, estaba más tranquila y agradeció el cariñoso gesto.

—Venga, cariño, vamos a casa —la atrajo hacia él y le dio un beso en la frente—. Lo mejor será que descanses un rato y hablemos con calma después. No quiero que te pongas nerviosa. No es bueno en tu situación.

Sally se sentía demasiado agotada para responder y no quiso entrar en otra batalla verbal. Decirle que el estado de estrés en el que se encontraba era culpa suya y de su actitud no ayudaría a mejorar las cosas. Además, la reconfortaba sentir de nuevo el afecto de Thomas.

Respiró hondo y le regaló una pequeña sonrisa. Puede que todavía hubiera esperanza.

Capítulo 9

LA LLAMADA

Sally se metió en la cama y cayó rendida al instante. Demasiadas emociones en un solo día y, desde luego, demasiadas emociones para una mujer embarazada. No era bueno llevarse esos disgustos. Estaba convencida de que toda esa angustia se la estaba transmitiendo al bebé y eso no le producía buenas sensaciones.

Mientras Sally dormía en la habitación, Thomas permanecía sentado en el salón, tratando de analizar la situación y aclarar sus pensamientos. Tenía tantos sentimientos encontrados que creía que iba a volverse loco.

Todavía le costaba asimilar que Sally estaba embarazada. Justo lo único que no deseaba que sucediera. Si había algo que le daba pavor era eso.

Y es que, pese al optimismo y la alegría habitual en él, no podía evitar sentirse muy, muy asustado. Él no era una maquinita, no. También a él había cosas que le quitaban el sueño, también tenía malos recuerdos... Era una persona, joder, era normal. No podían pretender que siempre estuviera contento, feliz y despreocupado. Lo cierto era que esa era la imagen que daba, pero no la realidad. ¿Cómo puede alguien vivir sin preocupaciones cuando se es padre? Esa sensación no existe. Lo había sabido desde el momento que le pusieron a la pequeña Mary Ann entre sus brazos. Si había un sentimiento que sobresalía por encima de los demás al tener un hijo, ese era el del amor incondicional.

Nunca había vuelto a dormir tranquilo desde entonces.

Recordaba despertarse en medio de la noche y asomarse a la cuna de la pequeña para ver si seguía respirando. Luego, cuando empezó a gatear y a caminar, lo pasaba fatal con cada golpe y cada caída. ¿Cuántas veces había acudido con ella a urgencias? Era probable que más de las necesarias, muchas más, pero debía velar por su pequeña.

Su pequeña, ya no tan pequeña, le preocupaba ahora tanto o más que cuando era una criaturita indefensa. Sabía que Mary Ann era responsable, pero eso no le impedía seguir preocupándose por ella. Era una adolescente y, como tal, antes o después querría salir con chicos, beber, fumar o quién sabe qué.

Suspiró. Mary Ann sería para él su niña aunque tuviese cuarenta años.

Se puso en pie y entró en la cocina de Sally, no tenía hambre, pero necesitaba tomar algo que le calmase los nervios. ¿Una tila? Sí, eso sería lo más sensato, pensó a la vez que sacaba una tónica de la nevera y abría una botella de ginebra que su chica tenía en un armario. ¡A la mierda con la sensatez! Con la que se le venía encima, le sentaría mejor una copa.

Regresó al sofá y dio un buen trago.

A su preocupación constante por su hija se había sumado Sally hacía unos meses. Por fin, después de tantos años solo, había vuelto a sentir que el corazón le latía de verdad. No para bombear su sangre, sino para darle ritmo y vida a su alma.

Pues bien, por lo visto iba a tener que sumar una tercera personita a esa lista.

¡Joder! ¿Por qué cojones no había usado protección la noche de la playa? Ahora se arrepentía, pero en aquel momento no era su mente la que pensaba.

Un escalofrío recorrió su cuerpo al pensar que algo le pudiera suceder. Todo lo que había querido evitar se le venía encima como una avalancha: no tenía escapatoria.

Apuró la copa y se puso en pie. Empezó a dar vueltas sin saber muy bien qué hacer. Necesitaba hablar con Sally, explicarle todo lo que sentía y aclararle lo que había pasado en la consulta del médico Por desgracia, al parecer todavía iba a tener que esperar un rato. Estaba claro que eso de que las embarazadas tienen más sueño era verdad.

Lo malo era que no quería seguir solo con sus pensamientos. Necesitaba sentir que estaban bien. La discusión de antes le había dejado muy mal cuerpo y cuanto más rato pasaba peor era esa sensación.

El móvil sonó en ese momento. Descolgó sin siquiera mirar la pantalla, de tan extrañado como estaba de que lo llamaran a esas horas. Si la llamada provenía de fuera de Boston no podía ser nada bueno.

—¿Diga? —apremió.

—¿Thomas? Cielo, soy tu madre. Ha... —ahogó un llanto—. Ha pasado algo.

—¿Qué ha ocurrido, mamá?

—Es Mary Ann, acaban de llamar del hospital.

El teléfono se le escapó de las manos y tuvo que agacharse corriendo a recogerlo.

—Mamá —respiró hondo tratando de recuperar la calma—, ¿qué ha pasado?

—Iba con un amigo en moto y han tenido un accidente. Me han llamado desde el hospital. Parece grave, pero todavía no hay un pronóstico.

—Cogeré el primer vuelo que haya, mamá. Como si he de alquilar un jet privado. Estaré ahí lo antes posible. No dejaré a mi princesa sola ni un minuto más del necesario.

Colgó y ahuyentó las lágrimas de los ojos. Debía ser fuerte. No podía ponerse en lo peor. Todavía no. La vida no podía arrebatarle a su pequeña también. No podía. No sería justo. Aunque, ¿desde cuándo era justa la vida con él?

¿No sería de lo más irónico que perdiera a su hija el mismo día que escuchaba el latido del corazón de su futuro bebé?

«No, no, no», rogó como un mantra. La vida era dura, pero no podía ser tan cruel. Sin embargo, mientras recogía el poco equipaje que había llevado las palabras de su madre le martilleaban la cabeza: «es grave, pero todavía no hay un pronóstico».

Se aferró a la última parte de la frase y depositó en ella la poca fe que le quedaba.

Capítulo 10

LAS MALAS NOTICIAS NUNCA VIENEN SOLAS

Los apresurados pasos de Thomas despertaron a Sally del apacible sueño en el que se había sumido. Mucho más calmada y tranquila, y con la esperanza de que las cosas se irían normalizando, salió de la habitación y fue a buscarlo.

Estaba cerrando su maleta y tenía los ojos hinchados y la nariz roja, señales inequívocas de que había estado llorando. ¿Tan terrible era para él tener un hijo con ella? No estaba acostumbrada a ver llorar a los hombres, pero estaba claro que eso era justo lo que él había estado haciendo. Su cara lo delataba.

Antes de que pudiera decir nada, Thomas se percató de que estaba allí, se acercó a ella, la estrechó entre sus brazos, ahogó la cabeza en su cuello y, entre sollozos, le comunicó la fatídica noticia.

En los pocos minutos que había empleado en recoger sus cosas se había venido abajo. Hasta que no estuviera con su hija y supiera qué le sucedía de verdad no podría estar tranquilo. Sally lo abrazaba con fuerza y, aunque él sabía que ella también estaba preocupada por su hija, la situación en la que se encontraban no hacía sino empeorarlo todo.

—¿A qué hora coges el vuelo? —le preguntó.

Giró la muñeca para consultar la hora y respondió:

—En dos horas. Tengo que irme ya, Sally. No puedo permitirme perder ese vuelo.

Ella asintió y le acompañó a la puerta.

—Puedo ir contigo, Tommy, no tienes por qué pasar por esto solo.

Puede que Thomas no hubiera estado a la altura de las circunstancias en su visita a la clínica, pero la necesitaba y quería estar a su lado.

—No.

Sally se quedó parada. No se esperaba esa respuesta, aunque, claro, ya le habían sorprendido muchas de sus reacciones en las últimas horas. Quizás no solo no quería al bebé, sino que tampoco quería estar con ella. Había tenido que pasar algo grave para que se diera cuenta.

—De acuerdo —respondió con la mirada baja, para que él no viera las lágrimas que amenazaban con asomar a sus ojos.

—No, Sally, no te lo tomes así —Thomas suavizó el tono de su voz y se acercó a ella, dándole un cariñoso beso en la mejilla—. En tu estado es mejor que te quedes aquí. Lo digo por tu bien. Tienes que estar tranquila.

Ella asintió, un poco más calmada al haber sentido el calor de sus labios sobre su piel y el reconfortante cariño con el que le había hablado.

—Sé que tenemos una conversación pendiente...

A pesar de que la importancia de un problema y otro parecían encontrarse en extremos opuestos del universo, sabía que no debía dejar a Sally sola. No después de la discusión que habían tenido. Sin embargo, Mary Ann era lo más importante en ese momento. Debía concentrar todas sus fuerzas en ella, que Sally lo acompañase solo le añadiría más preocupaciones a las que ya de por sí estaban a punto de colapsarle la mente.

—Ve, Thomas. Tu hija es lo primero —se acarició de forma inconsciente el vientre—. Llámame en cuanto sepas algo, ¿de acuerdo?

—Lo haré.

Thomas le dio otro beso a modo de despedida y, aunque fue un beso en los labios, fue un beso más frío y carente de sentimientos que el anterior.

Sally cerró la puerta y se metió de nuevo en la cama. Tumbada boca abajo y abrazada a su almohada lloró con amargura por todo lo que había sucedido. Derramó lágrimas por Mary Ann, a la que quería de corazón, deseando con fervor que no le sucediera nada, lloró por la reacción de Thomas ante su embarazo y la sensación de que no quería que siguiera adelante con él y, por último, dejó caer unas lágrimas por la alegría que le producía la idea de ser madre.

A la mañana siguiente recibió una llamada de Thomas: Mary Ann estaba fuera de peligro, pero iba a tener que hacer mucha rehabilitación. Por suerte para todos, había sido lo suficientemente sensata como para llevar casco, lo que había evitado que, a pesar de las características del accidente, los daños hubieran sido mayores. Sin embargo, tenía múltiples contusiones y, lo peor, se había fracturado el fémur.

Iban a tener que operarla para ponerle clavos y le esperaba un largo proceso de rehabilitación, pero, y eso era lo que Thomas se decía a sí mismo una y otra vez, estaba viva.

—¡Voy a ir a por ese cabrón! No pararé hasta que se pudra entre rejas. Podría haber matado a alguien —le dijo unos días más tarde.

Al parecer, un coche había embestido la moto en la que iban Mary Ann y su amigo. Sorpresa: había dado positivo en alcohol y estupefacientes.

Thomas le explicaba todo esto a Sally por teléfono en un estado de ira que ella nunca había visto.

—Voy a dejar que mis compañeros se encarguen del resto de casos del bufete y yo me voy a dedicar a esto hasta que lo encierren. Solo de pensar en lo que podría haber pasado...

Un escalofrío le recorrió todo el cuerpo y un sudor frío lo invadió. Si eso era lo que le pasaba solo de imaginárselo, no quería saber cómo lo hubiera soportado si hubiera sucedido de verdad.

—Y, tú, cariño, ¿cómo te encuentras?

«¿De verdad te importa?», pensó Sally con amargura. Entendía que lo que había ocurrido era muy grave, pero no podía evitar sentirse un poco abandonada. No era el hecho de que Thomas estuviese de nuevo en Inglaterra. No, eso lo entendía. Era un abandono más bien emocional. No lo sentía cerca desde que le había dado la noticia.

—Bien, me encuentro bastante bien. Las náuseas han desaparecido —y así era, de repente se sentía asombrosamente bien, como si no tuviera ningún síntoma. Aunque no estaba de humor tampoco como para comer—. ¿Cuándo vendrás? Tengo la ecografía del primer trimestre la semana que viene... —no quería presionarlo, pero también eso era su obligación.

—Lo siento, Sally, tendrás que pedirle a Henry que te acompañe. Estoy seguro de que no le importará.

—¡Thomas!

—No. No pienso apartarme del lado de Mary Ann todavía.

—¿Y del mío sí?

—No seas egoísta. ¿Qué más da que te acompañe yo que Henry?

—¿No quieres ver al bebé? —susurró al darse cuenta de lo que pasaba en realidad.

El silencio se hizo al otro lado de la línea.

—Vale, con eso lo dejas todo claro, Thomas —profirió antes de colgar sin darle derecho a réplica.

Si esa iba a ser su actitud, podía irse a la mierda. No la había dejado acompañarlo a Londres y apenas había podido darle apoyo moral porque nunca estaba disponible para hablar. La había decepcionado.

Ella hubiera ido con él y hubiera cuidado también a Mary Ann en el hospital. Eso es lo que hacen las familias, ¿no? Ayudarse unos a otros. Estaba claro que ella todavía no formaba parte de la de Thomas y puede que eso no cambiara nunca.

Le había dicho que quería algo serio con ella, pero la realidad empezaba a demostrar que no era del todo cierto.

Con el móvil todavía en la mano, lo cogió y buscó en la agenda el número de su hermano. Podría haber llamado también a su madre, pero no se sentía con ánimo de dar explicaciones, así que llamó a Henry, al que había puesto en antecedentes hacía unos días.

—¿Todo bien hermanita? —preguntó al descolgar.

Sally lo había dejado bastante intranquilo con su última llamada.

—¿Puedes acompañarme a la eco de las doce semanas? —soltó a bocajarro.

Henry se quedó un tanto sorprendido por la petición, ¿no debería ir Thomas?

—Thomas seguirá en Inglaterra la semana que viene —informó Sally, que sabía que, aunque no lo había dicho, era justo lo que se preguntaba su hermano—. ¿Me acompañas o no?

—Sí, Sally, no te pongas tan irascible. Tienes que entender...

—Y lo entiendo, pero... —Sally se calló al notar algo húmedo en su entrepierna.

—Sí, lo entiendes, pero te gustaría que él estuviera aquí.

—¡No! ¡No!

—¿Cómo que no, Sally? ¿Qué estás diciendo?

—No... —Sally contuvo la respiración al darse cuenta de lo que estaba pasando—. No es eso, Henry. Estoy... estoy sangrando. ¡Dios!

Tenía el pantalón manchado de sangre. No, eso no era buena señal. Se cogió la barriga, como si así pudiera evitar que pasara algo malo.

—No te muevas de ahí. Voy a por el coche y en unos minutos te recojo en tu casa, nos vamos a urgencias.

—No, Henry, tú no eres de los que dejas el trabajo así como así.

—¿Ese es el concepto que tienes de mí? Soy tu hermano y no voy a dejarte sola. Tranquila, todo va a ir bien. Seguro que no es más que un susto.

Sally tragó saliva, pero no respondió. Estaba tan asustada.

«Por favor, por favor, por favor, Señor, que no sea lo que yo creo que es», rezó para sí misma.

Thomas se removió el pelo. De nuevo a bordo de un avión. Esta vez en dirección a Boston. ¡Joder! No dejaban de suceder cosas inesperadas y horribles a uno y otro lado del Atlántico. Ese maldito océano que los separaba. «Si Sally hubiera accedido a quedarse en Londres y hubiera dejado su trabajo en Boston todo hubiera sido más fácil», maldijo.

Se sentía mal consigo mismo por tener esos pensamientos. Lo que había pasado no era culpa de nadie. Habría sucedido igual de haber estado en Londres. «Sí, pero no tendría que dejar a Mary Ann sola para ir a estar con ella. Podría cuidarlas a las dos a la vez».

Henry lo esperaba en el aeropuerto para recogerlo.

—¿Cómo está? —le preguntó cuando estaban ya camino de la ciudad.

—Mal —le espetó—, ¿qué esperabas?

—¿Que qué esperaba? ¿Qué esperaba ella? Mi hija podría haber muerto, no puedo estar en dos sitios a la vez.

Henry asintió.

—Lo sé. No podías hacer otra cosa. Pero te necesitaba aquí cuando pasó.

—¡Solo han pasado dos días!

—Dos días pueden ser una eternidad, ¿sabes?

Thomas giró la cabeza hacia la ventanilla y cerró los ojos. Las cosas iban de mal en peor. También él estaba devastado y nadie se preguntaba qué era lo que sentía.

Cuando llegaron al céntrico piso de Sally, Henry detuvo el coche en la puerta.

—¿No subes?
—No, amigo, me temo que necesitáis un tiempo a solas para arreglar las cosas.

Sally oyó el timbre de la puerta y se levantó del sofá. Sofá en el que llevaba tumbada dos días, no se había movido de él ni para dormir. Se había quedado ahí, dormitando con la televisión puesta de fondo. Solo se había separado de él para ir al baño o para coger más comida.

¡Ah, la comida! Ella nunca había sido de las que se atiborran cuando se sienten mal, pero esta vez todo había sido diferente. Se abrió paso entre los envoltorios que cubrían el suelo de tarima. Kit Kats, Oreo, Chips Ahoy, paquetes de patatas, galletas saladas, tarrinas de helado y cajas de pizza a domicilio.

«¿Por qué llama Henry a la puerta?», tenía una copia de sus llaves y había pasado con ella la mayor parte del tiempo de esos dos fatídicos días.

Abrió la puerta sin preguntar, pues no esperaba ver a otra persona. Se quedó paralizada al verlo. Estaba demacrado. Tenía unas gruesas ojeras bajo sus hermosos ojos azules que no recordaba haber visto cuando se marchó. Y estaba bastante más delgado. Tampoco iba muy bien arreglado, algo poco habitual en él. A pesar de su aspecto cansado y desastrado, Thomas seguía siendo guapo. Pero lo envolvía un halo de tristeza que hizo que, por un pequeño instante, Sally se preguntase si lo que le había causado tanto dolor no habría sido también, además del accidente de Mary Ann, lo que le había pasado a ella.

No. Desechó la idea con rapidez. Él no había querido a ese bebé.

Como Sally no decía nada, Thomas trató de acercarse a ella y abrazarla, pero ella se apartó.

—Pasa —musitó mientras se daba la vuelta y regresaba al sofá.

Se sentó hecha un ovillo. Lo había pasado tan mal los dos días anteriores. Lo había necesitado tanto... Y ahora, que por fin lo tenía ahí, que podía consolarla, abrazarla y besarla, no quería que la tocase.

Volvió la vista atrás al momento en el que había empezado a sangrar.

Henry apenas había tardado quince minutos en pasar a recogerla y acercarla a urgencias. Una vez allí se había acercado al mostrador para que le dieran su turno.

—Buenas tardes, ¿qué le sucede? —le preguntó la enfermera.

—Esto... verá... estoy embarazada de once semanas y estoy sangrando.

La mujer anotó algo en el ordenador y le pidió sus datos así como la tarjeta del seguro.

—Bien. Siéntese allí —señaló una sala de espera— y ya la llamarán.

—Pero, ¡oiga! Es que estoy sangrando.

—Tranquila, es normal en el primer trimestre del embarazo. Enseguida la llamarán.

¿Normal? ¿Pero cómo iba a ser normal que estuviera sangrando?

La espera se le hizo eterna y, cuando al final la llamaron, su mente llevaba tanto rato dándole vueltas a todo que estuvo tentada de salir corriendo y marcharse a casa.

Cuando por fin la llamaron, Henry entró con ella. Le explicó al ginecólogo de guardia lo que le pasaba y él enseguida procedió a hacerle una ecografía.

El médico examinaba a conciencia lo que veía en la pantalla mientras Henry, que permanecía a su lado y no se había separado ni un segundo de ella, le apretaba la mano dándole fuerzas.

El ginecólogo levantó la mirada y se dirigió a ella.

—Sally, no hay latido. Mucho me temo que el corazón del feto se ha parado y estás sufriendo un aborto espontáneo.

El mundo se paró a su alrededor y sintió que se mareaba. No, no podía ser cierto. No podía perder a su bebé.

—Vamos a tener que practicarte un aborto. ¿Quién es tu ginecólogo habitual?

—La doctora Rivers —respondió por ella Henry al ver la expresión de su hermana.

—Estáis de suerte. Creo que está de turno. Podrá realizar la intervención ella misma.

Al ver las caras de shock de ambos, el médico trató de tranquilizarlos.

—No os preocupéis. Es habitual que se den casos de abortos en el primer trimestre de la gestación. Dentro de dos o tres meses, si todo marcha bien, podréis volver a intentarlo.

Henry estuvo a punto de responder que él no era el padre, pero se olvidó rápidamente de la idea. Con toda seguridad, Sally no querría ponerse a dar explicaciones. Con asimilar la noticia que acababan de darle ya tenía bastante.

—Bien, pues pasad por ingresos. Enseguida os darán una habitación y te harán el legrado lo antes posible. Como ya es tarde, seguramente te dejen ingresada esta noche, pero mañana te darán el alta a primera hora. No te preocupes, es una operación muy sencilla.

Las palabras rebotaban en la cabeza de Sally como si se

tratara de una cueva con eco. Las oía, pero no era capaz de procesar todo lo que le estaban diciendo. Estaba como en otra dimensión.

Thomas no quería tener hijos.

Esto había sido un accidente y, ahora que había perdido al bebé, si algo tenía claro, era que él no iba a querer que se quedase embarazada de nuevo. Sin embargo, en esos momentos en los que había perdido –ahora se daba cuenta– al tesoro más preciado que poseía, eso era justo lo que ella deseaba.

La operación fue muy bien. Su ginecóloga y todo el equipo que la atendió, enfermeras y anestesista, eran amables y la ayudaron a relajarse. Además, con la anestesia apenas se enteró: la sedaron y, cuando despertó, ya había pasado todo. Henry se quedó con ella en el hospital y le prometió que no diría nada a sus padres ni a Charlotte.

Sally no tenía intención de contarles nada de lo sucedido ni a sus padres ni a Charlotte... Bueno, ella había sido la primera conocedora de la noticia, pero ahora no se sentía con fuerzas de hablar con ella. La llamaría cuando estuviera mejor.

En general, no se sentía con ganas de charla. Henry pareció leerle la mente, pues no le dio más conversación de la necesaria. Se acostó en el sofá-cama que había junto a la suya y estuvo pendiente toda la noche de si se terminaba el suero o si le dolía algo.

Era el perfecto ejemplo de hermano mayor: responsable, cariñoso, para nada caprichoso, siempre el modelo a seguir. «Thomas en cambio, pese a ser el mayor de los hermanos Grant, parece más bien el pequeño», pensó Sally.

No podía dormir, ella que apenas conocía el insomnio, pero habían sucedido demasiadas cosas en muy poco tiempo y no podía apagar la mente y conciliar el sueño. Le costó, pero al final los calmantes que le estaban administrando hicieron su efecto y logró descansar.

Después del desayuno, la doctora Rivers pasó a ver cómo se encontraba y darle el alta. Sally notó que miraba con extrañeza a Henry. Era probable que recordase a Thomas y le sorprendiera verla acompañada por otro hombre.

—Este es mi hermano Henry —aclaró.

—Un placer —respondió la ginecóloga, que no solo recordaba al acompañante de su paciente, sino también el modo en el que había salido huyendo de su consulta—. Voy a darte unos días de baja, Sally, te conviene hacer reposo y es muy probable que no te encuentres anímicamente con fuerzas para ir a trabajar.

—De acuerdo.

No tenía fuerzas para nada. Solo quería llegar a su casa, aislarse del mundo y regodearse en su miseria.

Henry insistió mucho en quedarse con ella, pero Sally fue más terca y, al final, cuando la hubo dejado en pijama y arropada con una manta sobre el sofá, accedió a marcharse.

Se pasó un buen rato hecha un ovillo, mirando al infinito con la mente en blanco. Exactamente igual que estaba ahora.

Se giró hacia Thomas y le espetó:

—Bueno, estarás contento, ¿no?

Capítulo 11

EL ÚLTIMO BESO

Thomas se puso en pie, escandalizado.
—¿Te has vuelto loca? ¿Cómo voy a estar contento? —inquirió, llevándose las manos a la cabeza.
—¿Por qué no habrías de estarlo? No querías tener más hijos. Arreglado. Ya no vas a tenerlos.
Le giró la cara.
Thomas se acercó a ella, se arrodilló, quedando a su altura, y le sujetó la barbilla con una mano, obligándola a mirarlo a los ojos.
—Escúchame bien, Sally Hope, puede que yo no quisiera que te quedases embarazada, pero siento tanto como tú que hayamos perdido al bebé.
—¿Hayamos?
Lo miró con los ojos vidriosos, aguantando las lágrimas por enésima vez en aquellos días. Sentía la furia de Thomas en su mirada y sentía su cariño cuando la tocaba, quería creerle, porque lo que más necesitaba en ese momento era perderse en sus brazos y llorar hasta que no le

quedase ni una sola gota de agua en el cuerpo. Quería creerle, pero no le creía.

¿Por qué había salido huyendo de la consulta después de haber oído latir el corazón del bebé que esperaban? ¿Por qué no había visto en él una sonrisa ni una sola muestra de alegría? Lo único que había visto en él eran recelo y dudas.

—Cariño —murmuró Thomas, recogiendo con el pulgar una lágrima que corría por la mejilla de Sally—, sé que no me he comportado bien.

—No, no te has comportado bien.

—Me he comportado como un niño malcriado y caprichoso que tuerce el gesto en cuanto algo no sale como a él le gusta.

—Ha sido mucho peor.

Él asintió.

—Tienes razón, ha sido mucho peor. Tenía miedo de que algo te pasara si teníamos un bebé. No quería que nada pusiera en peligro nuestra felicidad. Por eso cuando me dijiste que estabas embarazada...

—¿Nuestra felicidad? —rio irónica mientras giraba en un brusco gesto la cara para zafarse de la mano de Thomas—. Querrás decir la tuya. Mi felicidad sí pasaba por tener un bebé. Lo que pasa es que nunca te dignaste a preguntar lo que yo pensaba.

Se puso en pie y empezó a dar vueltas por el salón, poniéndose cada vez más y más nerviosa.

—Ya lo dijiste nuestra primera mañana juntos en Cape Cod, ¿recuerdas? —lo señaló acusadoramente con el índice—. ¿En algún momento te planteaste que yo pudiera quererlos?

Thomas se quedó paralizado.

Él tenía a Mary Ann, nunca se había vuelto a pensar lo de tener hijos y, cuando su hermano William se lo insinuó, respondió sin más. Sin contar con la opinión de Sally.

«Mierda».

Vale, lo había hecho fatal. Pero, incluso así, aunque ella le hubiera dicho que deseaba tener hijos, él no hubiera querido. No quería correr riesgos, no quería perderla. Cuando le había dicho que estaba embarazada, el pánico se había apoderado de él y, si le hubiera dicho en aquel momento que quería abortar, él la hubiera apoyado sin dudarlo. De hecho, si no la hubiera acompañado a la consulta de la ginecóloga, él mismo lo habría sugerido. De hecho, había llegado a insinuarlo.

Sin embargo, esa visita lo había cambiado todo.

En el mismo instante en el que había escuchado el sonido del corazón del feto, se había parado el suyo. Ese latido puso su mundo patas arriba.

El miedo a que algo malo le pasara a Sally no desapareció, pero junto a ese miedo había brotado una ilusión y un sentimiento de amor que solo aquellos que han sido padres pueden comprender. El fuerte latido de esa criatura lo había despertado. Lo hizo reaccionar.

De hecho, se sintió de pronto tan feliz y asustado al mismo tiempo que un extraño impulso le hizo salir de la consulta para llamar a su hermano.

—¡Will, Will! ¡Voy a ser padre! —había chillado, emocionado como un niño cuando descubre sus regalos de Navidad.

William se había sorprendido mucho al escuchar a su hermano darle la buena nueva. Después de los reparos que había mostrado en verano, resultaba cuanto menos curioso.

—Sally está embarazada de casi tres meses —le había dicho—. Estoy... estoy... estoy muy asustado. No quiero que le pase nada malo. Ni a ella ni al bebé. Pero a la vez estoy eufórico, ¿es normal?

—Tommy, me parece que ya se te había olvidado lo que es ser padre. Esa mezcla de miedos, ilusión e incertidumbre es de lo más habitual ante una situación como esta, y más en la tuya, ya que no estaba planeado, ¿me equivoco?

Iba a responderle que no se equivocaba cuando Sally había hecho saltar su teléfono por los aires. Había logrado calmarla lo suficiente como para que regresaran a casa y se tumbara un rato. Esos nervios no eran buenos para ella. Tenía la firme intención de explicarle todo, pero entonces había recibido la fatídica llamada dándole la noticia del accidente de su pequeña.

Y todo se había ido al garete.

—Sally, lo he hecho mal, muy mal —insistió una vez más.

—Sí, Thomas —suspiró cansada—. ¿Y qué? ¿Crees que puedes arreglar algo ahora?

Él se acercó a ella, la cogió de la muñeca y trató de atraerla hacia él. Necesitaba sentir el calor de su cuerpo, acariciarle el pelo y sentir que volvían a estar cerca el uno del otro.

—Apártate —musitó con tristeza—. Ya no puedes arreglar nada.

Thomas la estrechó entre sus brazos con más fuerza, pero ella se resistía a devolverle el abrazo. Girada hacia un lado, evitaba mirarlo y sus brazos permanecían inertes y pegados a su cuerpo.

Él insistió, buscando sus labios.

—Siento no haber venido antes, cariño, lo siento de verdad. Sabes que no podía, Mary Ann... Creí que iba a perderla...

Sally lo empujó y se apartó de él.

—Es a mí a quien has perdido.

—¡No seas egoísta! Tienes que entenderme. ¡No sabes por todo lo que he pasado!

Ella lo miró con odio. Con un odio que nunca se hubiera creído capaz de sentir.

—Y tú, ¿acaso sabes tú por lo que he pasado yo?

—No eres la única que se siente mal por el aborto —replicó Thomas con resquemor.

—Yo no me siento mal, Tommy —el sarcasmo se había apoderado de Sally—. Estoy deshecha, hundida, jodida. Jo-di-da, ¿lo entiendes? Y tú no has estado aquí cuando te necesitaba. Pero eso no es todo. Además, cuando estabas ha sido como si no estuvieras. No vengas ahora a hacerme creer que sientes lástima porque haya perdido al bebé, porque no me lo trago —siseó—, no me lo trago.

—En ese caso, será mejor que me marche —ahora era Thomas el que estaba enfadado—. Está claro que no vas a hacer ningún esfuerzo por comprenderme. Si tanto sientes haber perdido a ese bebé, deberías entender por lo que yo he estado pasando estos días con Mary Ann.

Sally quería decirle que lo entendía, porque en efecto así era, pero estaba cegada por la rabia y la tristeza. Estaba anímicamente hundida y no era ella quien hablaba, era su rencor.

—Siento que esto haya tenido que terminar así —dijo Thomas mientras se dirigía a la puerta de casa—. Por cierto, Mary Ann te manda recuerdos. Esto es de su parte —sacó de su bolsillo una cajita de bombones y la dejó sobre un pequeño mueble que había en la entrada—, pensó que el chocolate te animaría —echó un vistazo a los restos de comida que había esparcidos por todo el salón—, aunque está claro que no.

Sally se acercó a él, completamente fuera de sí por el último comentario. Levantó la mano dispuesta a darle un bofetón, pero él fue más rápido y se adelantó. Le sujetó la muñeca y, sin darle tiempo a reaccionar, la besó furioso.

Fue el beso más terrible y hermoso que nadie le había dado nunca.

Había en él una pasión arrolladora, pero, a la vez, tristeza, decepción y rabia contenida. La lengua de Thomas buscaba la suya con desesperación, y Sally, enfadada y a la vez absorbida por la pasión de él, correspondió al gesto. Le mordió el labio, lo agarró del pelo con la mano que tenía libre y lo atrajo más hacia ella, si es que eso era posible. Estuvieron así un buen rato, con sus bocas devorándose el uno al otro de una manera brusca y, a veces, hasta dolorosa.

Y es que ese leve dolor físico les hizo olvidar por un momento el dolor que los estaba rompiendo por dentro. El dolor que les había traído el destino y, en cierto modo, el que se habían causado ellos mismos.

—Vete, Thomas.

Sally separó de golpe sus labios de los de él, recuperando la cordura a la vez que el aliento.

—Vete —repitió.

Thomas alargó el brazo, tratando de acercarla de nuevo a él.

—Quiero que te marches —insistió.

—No, Sally, no nos hagas esto —susurró, acercando su boca a la suya.

La besó de nuevo. Esta vez fue más suave y calmado; era un beso con sabor a tristeza y aroma a despedida. Un último beso que ambos recordarían mucho más tiempo que el primero.

Capítulo 12

RECAPACITANDO

Tres meses más tarde

Toda la familia Grant se había reunido en Londres para celebrar la Navidad, pero a Thomas le parecía que no había absolutamente nada que celebrar. Pese a que Mary Ann se había recuperado bastante bien del desdichado accidente, todavía le quedaba mucha rehabilitación por delante y, aunque ella se lo tomaba con filosofía, a él le dolía verla así.

Por no hablar del aborto y de su ruptura con Sally.

No le devolvía las llamadas, ni los mensajes. Desde el mismo día en que lo había apartado de su vida, él había tratado de recuperarla. El problema era que no le había dejado explicarse. No habían podido mantener una conversación como adultos, sencillamente lo había borrado del mapa.

—¿Por qué no vas a verla? —sugirió su hermano William una noche en la que el resto de la familia se había retirado a dormir y ellos habían permanecido despiertos, charlando y bebiendo un Macallan como solían hacer en los viejos tiempos.

—¿Es que no has entendido lo que te he dicho? ¡No quiere saber nada de mí!

—Es posible... pero a través de llamadas y mensajes no vas a conseguir nada. En estos casos, un gran gesto suele ser de ayuda.

—Lo dudo mucho —replicó, cruzando los brazos enfurruñado como un niño.

—Thomas, deja de comportarte como si fueras un crío. ¿La quieres?

—Ya conoces la respuesta.

—¡Pues ve a buscarla, joder! —exclamó el escritor—. Sabes, yo tenía un hermano que creía en el amor, que me reñía una y otra vez por no dejarlo entrar en mi vida, por ser un ermitaño solitario.

—Es que lo eras, Will.

—Sí, lo era y ¿sabes qué? Que nunca hubiera dejado de serlo si no hubiera sido por ti. Me hiciste darme cuenta de lo que sentía por Charlotte y me empujaste a luchar por ella. ¡Pero si fuiste tú quien me reservó los vuelos a Boston cuando su abuela enfermó! ¿Por qué no puedes hacer tú lo mismo?

Thomas sopesó la respuesta:

—Porque no.

—Al final va a resultar que no somos tan diferentes, Tommy —William se levantó molesto, se bebió su whisky y se dirigió a la puerta—. Tú también eres un ser solitario. Desde Alice nunca ha habido otra mujer con quien hayas ido en serio, vives entregado al trabajo en el bufete y solamente Mary Ann es capaz de hacer latir tu corazón. Y pensar que creía que, de los dos, tú eras el que creía en el amor.

William salió por la puerta, pero dos segundos más tarde volvió a entrar para añadir:

—Me has decepcionado, hermano mayor. Esperaba algo más de ti.

Thomas pasó la noche en vela, reflexionando sobre las palabras de su hermano.

Sí, él creía en el amor. Había apostado por él con Alice, pese a su juventud, pero desde su muerte, todo había sido palabrería. Pura y dura. En realidad, había sido un cobarde que nunca se había atrevido a empezar otra relación seria. En parte porque nadie lo había llenado lo suficiente y en parte porque sus miedos se lo impedían. Sabía que, antes o después, su pareja querría formar una familia y no estaba preparado.

No estaba preparado a pasar por ese sufrimiento y ese miedo a la vez.

Pero, claro, luego había aparecido Sally de la nada. Fue escuchar su voz por el teléfono y saber que aquella chica era especial. Cuando la vio, supo que era para él. Pero seguía siendo un cobarde.

Se había mantenido a una distancia prudencial de ella; eran amigos, pero nunca había dado pie a nada más. Hasta la noche entre las dunas.

No había podido resistirse. Deseaba besarla y tenerla entre sus brazos más que nada. Necesitaba sentir que eran uno. Y se había dejado llevar sabiendo que ella quería más. Pero no pensaba que ese «más» fuera a llegar tan pronto.

Resultaba irónico que, en cierto modo, la noche que los había unido fuera la que también los había separado.

Thomas no estaba preparado para escuchar a Sally decir que estaba embarazada. No tan pronto. Aunque siempre hubiera sido demasiado pronto para él, porque no quería arriesgar su vida por nada en el mundo. ¿Para qué quería más hijos? ¡Ya tenía a Mary Ann!

Eso era lo que pensaba... hasta que oyó el latido de esa diminuta mancha blanca que aparecía en el ecógrafo de la consulta de la doctora de Sally. Su mundo se había puesto patas arriba. Su vida se concentró en ese mismo instante y supo que no habría nada más hermoso que tener un hijo con ella.

Había sido tan estúpido... tanto que ni siquiera se había atrevido a expresar esto con palabras y a dejar que Sally supiera que estaba tan ilusionado como ella por tener un bebé. Puede que, si se lo hubiera dicho, ahora siguiesen juntos pese al triste desenlace.

Estarían juntos y podrían volver a intentarlo. Compartirían el sueño de ser padres y, antes o después, lo cumplirían.

Era consciente de que todo se había ido a la mierda por su culpa. Pero había que reconocer que Sally era como una mula terca, incapaz de dar su brazo a torcer. Estaba tan hundida... tanto que lo culpaba a él de lo sucedido. Y lo peor de todo era que, si no hablaba con ella, nunca cambiaría de opinión.

Le dolía en el alma no poder comunicarse con Sally. No solo porque echara de menos escuchar su voz y poder hablar de sus cosas, no. Estaba preocupado. Había dejado a Sally en un estado lamentable la última vez que la había visto y tenía miedo de que no hubiera conseguido remontar, de que siguiese hundida.

Había intentado sonsacar a Charlotte, pero le había dicho que ella tampoco sabía nada, que tampoco le cogía el teléfono. Esto le resultaba a Thomas un poco difícil de creer.

«Mañana volveré a hablar con ella, aquí hay algo que no me cuadra», se dijo antes de darse la vuelta y, por fin, lograr conciliar el sueño.

Al día siguiente se despertó temprano, estaba seguro de que encontraría a Charlotte dando de desayunar a la pequeña Emma. Puede que consiguiera hablar a solas con ella un rato.

Tal y como había previsto, allí estaban las dos. Emma sentada en la trona, mordisqueando una galleta, y su cuñada de espaldas, frente al fuego, preparando un poco de café. Se giró al oírlo entrar.

—Buenos días. ¿Quieres un poco? —preguntó mostrándole la cafetera—. Me parece que lo necesitas.

—¿Tanto se me nota?

—Las ojeras te llegan hasta los pies, cuñado. ¿No has podido dormir dándole vueltas a lo que te dijo Will?

Thomas cogió la taza que le ofrecía Charlotte y la miró con recelo.

—No pongas esa cara, hombre —rio—, ya deberías saber que tu hermano y yo no tenemos secretos el uno para el otro.

No respondió. Se sentó a la mesa, dio un sorbo al café y le hizo un par de carantoñas a su ahijada.

—Vaya, creo que es de las pocas veces que te he visto sonreír estas vacaciones.

—¿Es que tengo motivos para sonreír, Charlotte?

—Yo creo que sí.

Él la miró, desconcertado. A él no se lo parecía.

—Mary Ann está viva, está con nosotros. Podría haber sucedido algo mucho peor, pero, gracias a Dios, volverá a ser la que era. Puedes estar feliz por ello. Respecto a Sally...

Thomas sintió que el corazón le daba un vuelco al escuchar su nombre.

—¿Qué sabes de ella? ¡No me mientas, Charlotte!

Ella se sentó junto a él, le dio otra galleta a su hija y suspiró.

—La verdad es que no sé nada, Thomas. Y no soy muy optimista en lo que a ella respecta.

—¿Qué? —la miró escandalizado.

—Las últimas veces que hablé con ella estaba hundida. Apenas quiso hablar conmigo. Le insistí mucho para que viniera a pasar unos días a Cape Cod con nosotros antes de regresar al trabajo, pero no quiso. Hablé con Henry. Me dijo que estaba encerrada en casa, que a duras penas lo dejaba entrar y que estaba hecha un desastre, malcomiendo y durmiendo a todas horas.

—No puede ser —susurró Thomas horrorizado por lo que le estaba contando Charlotte—. No debí haberme marchado —escondió la cabeza entre las manos.

Su cuñada le acarició el pelo, tratando de consolarlo. Gesto que trató de imitar la pequeña Emma, pero que terminó convertido en un manotazo que logró sacar de él un atisbo de sonrisa.

—Tengo que ir a verla —se puso en pie con decisión.

—Gracias, Thomas. ¿Me llamarás cuando la veas? Hace más de un mes por lo menos que yo tampoco sé nada de ella. Tengo miedo de que le haya pasado algo.

Le dio un fugaz beso en la mejilla a su cuñada y uno muy cariñoso en la frente a su sobrina.

—Despídeme de Will y de toda la familia, diles que lamento no estar con vosotros para Nochevieja. Luego llamaré a mi hija para disculparme con ella.

—Estate tranquilo, tu madre y nosotros cuidaremos de ella. Además, no va a aburrirse con este bichito por aquí.

Thomas miró a su sobrina y no pudo menos que pensar en lo hermoso que hubiera sido tener un bebé con Sally.

Capítulo 13

EL GRAN GESTO

Thomas estaba exhausto. Se había subido en el primer avión con plazas libres y, dadas las fechas en las que se encontraban, no había resultado nada fácil. De hecho, había tenido que volar en clase turista, algo a lo que no estaba acostumbrado y que lo había dejado hecho polvo.

Había aterrizado en Boston a primera hora de la mañana y, al encender el móvil, le había llegado un mensaje de su hermano en el que se disculpaba y, además, le deseaba que tuviera la misma suerte que él tuvo cuando fue a buscar a Charlotte. Para agradecerle el empujón que él le había dado en aquella ocasión, le había reservado la misma suite en el hotel Fairmont.

Sin embargo, el destino no parecía estar de su parte.

Tras más de media hora aporreando el timbre de Sally y llamándola al móvil una y otra vez, pese a que parecía apagado, lo único que se le ocurrió hacer fue ir a buscar a Henry. A él seguro que lo encontraba en el trabajo.

Tras esperar en recepción lo que a él le pareció una eternidad, su amigo salió del despacho.

Thomas, que se había puesto nervioso con la espera, ni siquiera se dignó a saludarlo y exclamó de manera abrupta:

—¿Dónde está Sally?

Henry lo miró sorprendido. Hacía casi tres meses que su hermana y él habían roto. La había dejado en casa, hecha un mar de lágrimas, deprimida, y se había largado a Londres a seguir con su vida, ¿qué venía exigiendo ahora?

—Me parece que llegas un poco tarde, ¿no?

—No me juzgues, Henry, yo no fui quien la dejó.

—Es posible, pero quizás si hubieras sido más comprensivo con lo del embarazo no hubiera tenido necesidad de hacerlo.

—Henry... —trató de cortarlo.

—No, Thomas, en serio, no sabes cómo estaba...

—¿Estaba?

—Ven, salgamos del bufete, hay un Starbucks debajo, tomemos algo y te pondré al día.

Una vez que estuvieron sentados en los cómodos sillones de la cafetería y con una bebida entre las manos, Henry se dispuso a poner al día a Thomas.

—Mira, voy a serte muy claro: Sally se ha marchado de Boston.

—¿Cómo que se ha marchado? ¿Qué quieres decir?

—Quiero decir que ya no vive en Boston.

Thomas lo observó incrédulo. ¿Y dónde iba a vivir si no era allí? ¿Qué había de su trabajo como profesora? Ese que no había querido abandonar para quedarse con él en Londres. Quizás si lo hubiera hecho las cosas les hubieran ido mucho mejor...

—No pongas esa cara. A veces, para volver a ser uno mismo, debemos alejarnos de todo aquello que nos rodea. Y Sally necesitaba con desesperación volver a ser ella.

Sacudió la cabeza, recordando el comportamiento de su hermana después del aborto. Había accedido a volver al trabajo porque los médicos le habían dicho que estaba bien, pero estaba claro que solo estaba bien físicamente. Psicológicamente estaba hundida. Henry podía entender que pasase cierto duelo después de lo sucedido, pero cuando pasó un mes y vio que aquello no solo no iba a mejorar, sino que, con toda seguridad, empeoraría, se puso firme con ella.

—Tienes que olvidarlo ya, joder —le instó en una de sus muchas visitas—. Vas a trabajar como un alma en pena, vuelves y te encierras aquí, a ver películas de serie B y comer basura. ¿Tú te has visto?

—No puedo olvidarlo. No puedo olvidar nada de lo que ha pasado. Me siento vacía —le había respondido entre lágrimas—. Es como si un agujero negro me estuviera consumiendo desde dentro. No tengo ilusión por nada, ni siquiera por los niños del colegio. Ni siquiera eso me hace sentir mejor.

—Pero si a ti te encanta tu trabajo, Sally.

Ella no respondió.

—Necesitas cambiar de aires. Pide una excedencia y vete a otro lugar. Busca algo que hacer que te motive y que te tenga ocupada. ¡No lo sé, Sally! ¡Algo tienes que hacer! No puedes quedarte de brazos cruzados, consumiéndote, solo porque has tenido un aborto y has roto con tu novio.

—¿Solo? ¿Te parece poco?

—Piensa en quién eres y cómo eres. Y piénsalo bien, porque esta persona amargada y taciturna que no sabe más que autocompadecerse no es mi hermana. Al menos no la que yo creía que tenía. Tienes que recomponerte. Haz lo que sea necesario para conseguirlo.

Y, una semana después, eso fue lo que hizo.

—Dime dónde está —suplicó Thomas.

—Es evidente que no puedo decírtelo.

—¿Cómo que evidente? ¿Es que te has vuelto loco? ¿Cómo se supone que voy a encontrarla si no me lo dices?

—No lo has entendido, Thomas —Henry sacudió la cabeza—. Es que no quiere que la encuentres. ¿Por qué crees que ni siquiera le ha dicho a Charlotte dónde está? Porque sabe que, en esa ilusión suya por el amor romántico, te diría donde está para que fueras a buscarla, y eso es lo último que quiere.

—Henry, eres tú el que no lo entiende. Yo quiero a Sally. Me equivoqué y ha sufrido por mi culpa, pero he venido a recuperarla. A enmendar mi error. Tienes que ayudarme.

—Yo no tengo que hacer nada, Thomas. Tú te lo has buscado solo.

—Creía que éramos amigos —musitó decepcionado.

—Y yo —replicó Henry—. Hasta que abandonaste a mi hermana.

Se puso en pie.

—Dile a Charlotte que Sally está bien, que no se preocupe por ella.

—Muchas gracias por tu ayuda —gruñó Thomas, poniéndose en pie a su vez—, amigo.

Unas horas más tarde volaba de regreso a Londres. No tenía ningún sentido permanecer en la capital de Massachusetts si no iba a encontrar a Sally allí. Pasó la Nochevieja a bordo del avión, de nuevo en turista, y, para más inri, sentado en el medio. No recordaba haber estado más incómodo en toda su vida.

Estaba agotado y casi no sabía ni en qué hora vivía.

Eso sí, había algo que tenía muy claro. Había perdido a Sally y no tenía opciones de recuperarla: la había perdido para siempre.

Capítulo 14

WICKED

—Hola, papá...

Mary Ann asomó la cabeza por la puerta de la habitación de su padre. Thomas estaba tumbado sobre la cama, con la ropa con la que había llegado a casa tras el vuelo todavía puesta, sin zapatos y mirando al techo. Giró la cabeza y esbozó una media sonrisa. Por lo visto ella era todo lo que le quedaba. Todo lo que siempre había tenido.

—¿Puedo entrar?

Él se incorporó, sentándose y dando una palmada al colchón, invitándola a ponerse a su lado.

Apoyándose sobre las muletas que todavía tenía que usar, Mary Ann se acercó y se sentó junto a él. Thomas le acarició el pelo y le dio un cariñoso beso en la frente. La observó preocupado, sus alegres ojos verdes, herencia de su madre, parecían tristes.

—¿Todo bien, cielo? ¿Te duele la pierna?

Negó con la cabeza.

—¿Estás segura?
—Bueno, un poco —admitió—, pero no es eso.
—¿Qué te ocurre entonces?
—¿Has roto con Sally por mi culpa?
Thomas se quedó helado por la pregunta.
—Mi vida, ¿cómo va a ser culpa tuya?
Mary Ann agachó la mirada antes de responder.
—El otro día oí hablar al tío Will con la tía Charlotte. Decían que habías dejado sola a Sally para venir a atenderme. ¿Es que ella no me quería?
Thomas se maldijo a sí mismo al recordar las palabras de Sally diciéndole que podía acompañarlo a cuidar de su hija. No solo que podía, sino que quería. Y recordó también como la había apartado de su lado, impidiéndole formar verdadera parte de su familia, cosa que era justo lo que ella deseaba.
—No, hija, lo que pasa es que tu padre es gilipollas.
Mary Ann lo miró sin comprender.
—Sally quería venir a cuidar de ti, igual que hice yo, pero le dije que se quedara en Boston. Puede que si me hubiera acompañado las cosas fueran distintas ahora... —le pasó la mano por el cabello—, de todos modos eso ya nunca lo sabremos. Ahora estamos de nuevo tú y yo.
—Lo siento, papá.
—No es culpa tuya, así que no lo sientas.
Permanecieron en silencio un par de minutos.
—¿Qué puedo hacer para que recuperes esa alegría tuya, eh? —murmuró en voz baja al tiempo que se decía que también debía recuperar parte de la suya—. ¡Claro, ya lo tengo! ¿Te apetece ir a ver un musical?
Recordaba que Sally le había dicho en verano que le hubiera pedido a Mary Ann que la acompañase a ver

Grease si no hubiese estado de vacaciones en Cape Cod con sus tíos.

La joven asintió. Entre el accidente y el pésimo humor que se gastaba su padre en los últimos días, las Navidades no estaban siendo especialmente buenas.

—¿Podemos ver *Wicked*? —suplicó, con ojitos de cordero degollado, pues sabía que ese tipo de obras no gustaban demasiado a su padre.

Thomas se quedó parado por un momento. Era el primer musical que había visto con ella. Al parecer, si las hubiera dejado, su hija y Sally hubieran hecho muy buenas migas.

—El que tú quieras.

Mary Ann se incorporó y se puso en pie. Parecía que le había vuelto el brillo a los ojos. Por desgracia, él no podía decir lo mismo de los suyos.

—Compra unas buenas entradas para mañana y yo reservaré mesa para cenar en algún sitio. ¿Te parece?

—Gracias, papá —susurró al tiempo que le daba un fuerte abrazo.

Salió de la habitación canturreando:

—*It's all about popular...*

Thomas volvió a recostarse. En verdad había sido un gilipollas. Por no dejar a Sally pasar más tiempo con su hija. Por haberse mostrado tan reacio a tener hijos cuando él ya era padre. Y por haber dejado sola a Sally cuando más lo necesitaba.

Ahora ella se había ido de su vida para siempre. Se sentía hundido y, aunque iba a tratar de no demostrarlo en exceso por Mary Ann, lo cierto es que no sabía muy bien cómo recuperar su habitual alegría, porque ¿cómo puede uno estar alegre cuando pierde al amor de su vida?

Trató de recordar cómo se había rehecho tras la pérdida de su mujer. Aquel bebé de ojos verdes y gatunos que le recordaba a un pequeño minino había sido su tabla de salvación, pero ¿y ahora? ¿Qué podía hacer para volver a ser el mismo?

Thomas no lo sabía todavía, pero encontraría la respuesta a esa pregunta en la entrada del musical que estaba a punto de ver.

Capítulo 15

UNA NUEVA VIDA

Sally se despertó al oír el sonido de la alarma y, como cada mañana desde que había llegado a la India, respiró hondo y cogió aire antes de enfrentarse a un nuevo día que seguro la haría sentirse tan plena como los anteriores. Hacía más de medio año que había dejado Boston para empezar de cero en aquel país. Lo había abandonado todo para dedicarse en cuerpo y alma a los habitantes de aquella región rural del sur de la India: Anantapur. Y, si había algo de lo que se había dado cuenta desde el momento en el que había llegado, era que muchos, dando poco, podían hacer cosas realmente extraordinarias. Para esas personas, cualquier pequeña ayuda que se les diera era un mundo.

En esa zona, donde vivían las castas más desfavorecidas del país y las condiciones de vida eran muy precarias, las familias ni siquiera disponían de hogares adecuados. No fue hasta los años 90 que la vivienda se consideró un derecho básico de la sociedad en la India, pero, aun así, en esas poblaciones rurales esto no siempre se cumplía.

La fundación en la que Sally colaboraba trabajaba para mejorar las condiciones de sus habitantes, siempre desde el respeto a su cultura y sus costumbres. Gran parte de la labor que llevaban a cabo era la construcción de una colonia de viviendas. Se trataba de casas sencillas, que se edificaban utilizando materiales disponibles en la zona y que armonizaban con el entorno tanto en su tamaño como en su forma. Para quienes en ellas moraban, suponían un antes y un después en sus vidas. Los resguardaban de las lluvias monzónicas, del intenso calor y los protegían contra animales peligrosos, como serpientes o escorpiones. El mayor cambio que suponía la entrega de una de estas casas era, ante todo, la integración social.

Los nuevos hogares eran una gran ayuda y contribuían a darle a la gente una vida digna, además de reforzar su autoestima, pues aumentaba el sentimiento de pertenencia a una comunidad. Este logro daba paso a una mayor implicación en tareas tan cotidianas e importantes como acudir a los servicios sanitarios o llevar a los niños a la escuela. Escuela que también había construido la fundación, y de la que ahora Sally era maestra de inglés.

Esa era ahora su nueva vida. Había huido de su acomodada y triste existencia para encontrar la paz y la alegría enseñando a aquellos niños. Se pasó la mano por el cabello, que ya le llegaba por los hombros. ¡Cuánto le había crecido a lo largo de aquel tiempo!

Un año repleto de cambios y de acontecimientos que la habían marcado para siempre. Lo había dejado todo atrás: su casa, su familia, sus amigos… y a Thomas.

El estómago se le revolvió, como siempre que pensaba en él y en todo lo que había sucedido antes de su marcha. Lo apartó deprisa de su mente, pues los recuerdos de lo que había podido ser, y no había sido, le causaban demasiado dolor.

Por suerte, antes de caer en un agujero demasiado profundo, había logrado sacar fuerzas y había tomado una decisión que había cambiado por completo su existencia. La felicidad que le proporcionaba ser maestra de aquellos niños era difícil de igualar y ese sentimiento había arrinconado a otros que le causaban malestar.

Además, allí también había conocido al doctor Ethan.

Sí, la India le había brindado muchas cosas buenas.

Sonrió al recordar el pozo en el que había estado sumida y cómo todo había cambiado para ella la tarde en que Henry había ido a verla y le había dado un ultimátum.

Recordaba a la perfección las palabras de su hermano y el profundo efecto que habían causado en ella. Lo cierto es que se había encerrado en sí misma y no dejaba que nadie se acercara a ella, haciendo que fuera todavía más difícil dejar las cosas a un lado y empezar de cero.

Iba a trabajar al colegio, hacía lo justo para que su estado no se notara demasiado y regresaba a casa, donde se dedicaba a comer sin parar, a ver todo lo que echaban por la televisión y a compadecerse de sí misma, culpando a Thomas de todo lo que le había sucedido.

Estaba harta de escuchar a la gente decirle que no pasaba nada, que era normal, que mucha gente tenía abortos y luego tenía hijos sin problemas, que si lo había perdido era porque no tenía que ser, que si había algún problema mejor que hubiese sido antes que después, que era muy joven... Bla, bla, bla. Una cantinela que estaba harta de escuchar y que ni por asomo hacía que se sintiera mejor.

Puede que muchas de esas afirmaciones fueran ciertas, pero desde luego no hacían que tuviera mejor ánimo. Era como si la gente quisiera que estuviera bien al instante, como si, por el mero hecho de que se tratase de un embrión, no tuviera derecho a sentirse mal y a llorar su pérdida.

Se sentía vacía y, por desgracia, desde la marcha de Thomas se había ido sintiendo más y más vacía, hasta el punto de pensar que ya no quedaba nada más de ella aparte del caparazón. Había perdido su esencia.

Pensar que él se había marchado, que la había dejado sola cuando más lo necesitaba y que nunca iba a poder formar una familia con él le hacía trizas lo que le quedaba de alma, porque para ella, por su pasado, tener un hijo biológico era algo a lo que no quería renunciar.

No quería renunciar a ser madre, pero ¿quería ser madre con otra persona?

No.

Ella quería a Thomas y quería tener un hijo con él. Por eso la pérdida era más dolorosa, porque, si no era con Thomas, ella tampoco quería hijos. Ahora lo veía claro.

Tras la bronca con Henry, decidió que tenía que, al menos, intentar recomponerse, y decidió empezar por limpiar la casa. Quizás dejar de vivir en una pocilga la ayudara a ver las cosas con mayor claridad.

Fue entonces, recogiendo, cuando encontró la entrada de *Wicked*. El primer musical que había visto con Thomas.

Fue al cogerla para darle un vistazo cuando se percató de la publicidad que había en el reverso: un anuncio sobre una ONG comprometida con las zonas más pobres de la India.

Todavía no sabía muy bien el motivo, pero algo la había impulsado a encender el ordenador y teclear en internet el nombre de la fundación.

Se pasó horas y horas leyendo sobre el trabajo que hacían y viendo la multitud de opciones que había para colaborar con ellos: podía apadrinar, hacer un donativo e incluso financiar un proyecto.

Había quedado impactada por las condiciones de vida que tenían en la región de Anantapur y quería colaborar, pero hacerlo solo con dinero le parecía poco. Aquellas personas necesitaban algo más. Necesitaban alma y necesitaban corazón, no solo bienes materiales.

«Necesitan algo más», pensó Sally. Igual que ella.

Siguió leyendo y viendo todos los proyectos que allí se hacían. Le entusiasmó la construcción de casas en las aldeas, así como la asistencia sanitaria, pero lo que más le gustó fue todo lo relacionado con la enseñanza.

Clicó en una pestaña que indicaba: *Únete a nuestro equipo*. Una vez dentro, pinchó la opción *Voluntariado en la India*.

La mayoría de la gente que trabajaba en la fundación en la región de Anantapur eran nativos, personas a las que la propia organización había formado y que trabajaban en su tierra natal, pero también se requerían voluntarios para algunas tareas que no podían ser asumidas por gente de la zona. Se pedían médicos, arquitectos y, entre otras muchas profesiones más, profesores de inglés.

De pronto, se vio a sí misma dejándolo todo para darles a otras personas lo que tanto necesitaban. Puede que fuera eso lo que necesitara: proporcionarles a otros la felicidad para poder ser feliz ella. Tal vez consiguiera recuperar la felicidad invirtiendo en los demás.

Tras una emotiva cena de despedida con su hermano Henry y una noche dando vueltas en la cama, Sally había tomado un vuelo en Boston. Un largo viaje plagado de transbordos y esperas en aeropuertos hasta aterrizar, al fin, en el Aeropuerto Internacional de Bangalore. Y, como colofón al agotamiento en el que se había visto sumida, un largo viaje de cinco horas hasta Anantapur.

Una nativa, miembro de la fundación, había acudido a recibirla para acompañarla hasta el campus de la organización en el que residían los voluntarios.

—*Namasté* —le había dicho. Aquella había sido la primera palabra que Sally había aprendido del telugu, el idioma que se hablaba en el estado de Andhra Pradesh.

Por fortuna, el inglés estaba muy extendido en toda la India y resultaba sencillo comunicarse.

El clima sí era una tortura. Temperaturas que oscilaban entre los 30 y 40 grados y una apabullante sensación de humedad que hacía que parecieran mayores. Y en la época de lluvias, por si el calor no fuera suficiente, el monzón.

Sí, Sally había llegado a la India siendo tan solo una sombra de lo que había sido. Sentía que era un espejismo, un fantasma que estaba dejando de existir, que cada vez estaba más vacía, pero, a pesar de las duras condiciones, la India le había devuelto la sonrisa.

Dejar Boston había sido la mejor decisión que había tomado en mucho tiempo. Había pedido una excedencia en su trabajo y se había marchado casi a escondidas del país.

Y decía «casi», porque las únicas personas que sabían dónde estaba ahora mismo eran Henry y sus padres. Había querido decírselo a Charlotte. Era su mejor amiga, la primera que se había enterado de su embarazo... pero apenas había tenido fuerzas para hablar con ella después de la pérdida y, además, tenía miedo de que Thomas se enterara de dónde estaba por ella.

No es que pensase que fuera a ir a buscarla, es que quería cerrar su etapa con Thomas y no quería dejar ninguna puerta abierta a la posibilidad de que volvieran a encontrarse.

Desde ese último beso que se habían dado, había tenido que luchar contra mil demonios para no atender el teléfono o responderle un mensaje. Lo echaba tanto de menos... pero no podía volver a estar con él. No después de lo que le había hecho.

Conocía demasiado bien a su amiga y a sus ridículas ideas sobre el amor. De hecho, también ella las había creído, pero ahora sabía que ese amor romántico del que Charlotte hablaba solo estaba en las novelas.

Si su vida hubiera sido un libro romántico, con seguridad no habría perdido a su bebé y Thomas habría estado más que contento con su nueva paternidad. Lo suyo era más bien novela sentimental, de las de Nicholas Sparks, en las que ya sabes con certeza casi desde el principio que las cosas van a terminar mal.

Debió haberlo sabido aquella mañana en Cape Cod cuando él anunció que no tenía intención de tener más hijos. Fue una ilusa.

Apartó a Thomas de su mente y se centró en esa otra persona que había empezado a ocupar parte de su corazón: el doctor Ethan.

Capítulo 16

EL DOCTOR

Ethan llevaba ya casi dos años en la India el día que conoció a Sally. Había dejado atrás una acomodada vida en Sídney y un doloroso divorcio sin hijos. Lucy, su novia desde la universidad, se había convertido con el paso de los años en una mujer a la que solo le importaban los bienes materiales. Se había convertido en alguien opuesto a Ethan, para quien, por encima de todo, primaban los valores.

Él había estudiado medicina para ayudar a la gente y se había especializado en ginecología porque nada le parecía más hermoso que poder estar presente cuando un niño venía al mundo. Lucy, en cambio, había estudiado medicina porque era una profesión de prestigio y se había especializado en la cirugía plástica porque se ganaba mucho, mucho dinero. Para ella, no había nada más hermoso que un buen par de Manolos, y los niños... Bueno, digamos que los críos no eran lo suyo.

Ethan siempre había pensado que con el tiempo cambiaría. No es lo mismo lo que una persona puede sentir por un niño cuando es suyo que cuando no lo es. Ni siquiera se siente lo mismo por un sobrino que por un hijo. O, al menos, eso pensaba él. Tenía sobrinos a los que quería de corazón, pero sabía que ese amor que les tenía no podía igualar al que un padre siente por un hijo. Lo había visto en los ojos de todas las madres que había atendido.

Sin duda, nada podía igualarlo.

Por eso se había aferrado a esa convicción, con la esperanza de que Lucy cambiara, porque, a pesar de todo y sin saber muy bien el motivo, la quería.

Por desgracia, al cabo de varios años de matrimonio asumió que aquello no iba a cambiar. Lucy nunca iba a cambiar los zapatos por los niños. Y así, de un día para otro, decidió que tenía que darle un vuelco a su vida.

Tenía dinero de sobra, así que emprendió un viaje que le llevó hasta una organización en la India que buscaba médicos voluntarios. Las condiciones a la hora de trabajar eran como las que había antaño en Australia, muy rudimentarias, pero el placer de traer a un niño al mundo en esas condiciones tan desfavorecidas resultaba todavía más satisfactorio. Verlos crecer lo llenaba de orgullo.

La vida en Anantapur le había dado todo lo que la vida en Australia le había quitado.

Volvió a ser feliz, aunque sentía que le faltaba algo. A pesar de estar rodeado de gente y a pesar de que su profesión lo llenaba, estaba solo. Deseaba poder formar una familia, pero antes tenía que encontrar a la persona adecuada.

Fue entonces cuando Sally llegó a la fundación.

Se fijó en ella un día a la hora de comer. Estaba sentado con unos compañeros en una mesa de la cantina en la que comían todos los voluntarios cuando vio entrar a una joven de ojos azules, melena oscura y piel blanca. Era guapa, muy guapa, pero no fue eso lo que llamó su atención. No. Fue su expresión angelical, que le recordó a la de los querubines de los cuadros.

—¿Quién es esa chica? —le preguntó al compañero que comía a su lado.

—Es Sally Hope, la nueva profesora de inglés. Es americana.

«Vaya, vaya, así que una yanqui», pensó Ethan.

La siguió con la mirada y se fijó un poco más en ella y vio que había tristeza en sus ojos. ¿Qué la habría llevado hasta allí? ¿Qué le sucedía? ¿Por qué esa expresión taciturna? Le entraron ganas de ponerse en pie, acercarse a ella y abrazarla: dejar que hundiera la cabeza en su pecho y llorase hasta sacarlo todo fuera. Quería acariciar ese cabello oscuro y besar sus labios con dulzura.

—¿Ethan?

Las palabras de su colega lo sacaron del trance en el que la señorita Sally lo había sumido.

—¿Sí? —respondió sin apartar los ojos de la nueva profesora.

—Nada, te decía que si ya has terminado.

—Eh, sí —musitó, apartando el plato todavía con comida. No le gustaba desperdiciar los alimentos cuando tanta gente pasaba hambre, pero había perdido el apetito.

Su mente siguió pensando en la nueva voluntaria. Él había recuperado la ilusión por la vida y, gracias a la India, había aprendido que, pese a los obstáculos, podía hacerlo con una sonrisa. Si algo había aprendido allí, era que había que adaptarse incluso a las circunstancias más difíciles. Los indios lo extrapolaban a cualquier situación de la vida cotidiana y él había empezado a hacerlo también.

Puede que, después de unos meses, ella también lo hiciera.

Puede que, después de conocerlo a él, esa nube de melancolía que la envolvía desapareciera.

Se puso en pie, dispuesto a acercarse a ella, cuando entró en la cantina una enfermera de la Unidad de Cuidados Intensivos Neonatal del hospital en el que ejercía de voluntario.

—¡Doctor! —exclamó—. Tiene que venir conmigo ahora. Acaba de llegarnos un bebé muy grave: está deshidratado y desnutrido; y también hay dos niñas pequeñas en muy malas condiciones, han sido abandonadas.

—Mierda —murmuró Ethan, maldiciendo en su interior esa predilección por los varones que había en la cultura india. Sería algo a lo que nunca se acostumbraría. ¡Gracias a Dios que allí podían ayudarlas! No quería imaginar lo que sería de ellas sin el trabajo de los voluntarios y la organización—. Bien, voy para allá.

La señorita Sally tendría que esperar. Aunque deseaba que no demasiado.

Capítulo 17

CITA A CIEGAS

Si había una persona en la que Sally se había fijado a los pocos días de su llegada a la India, este era el médico australiano. Era imposible no hacerlo. Alto, corpulento, moreno de piel y con cabello rubio oscuro ligeramente ondulado. Un *aussie* en toda regla que, para colmo, tenía una sonrisa dulce y una mirada limpia.

No es que fuera atractivo hasta decir basta, que lo era. Es que todo él rezumaba bondad. Era cariñoso con los bebés, amable con las madres y siempre estaba dispuesto a echar una mano, no solo en el hospital, sino donde hiciera falta. De hecho, Sally lo había visto algún domingo, que en teoría era su día de descanso, ayudando en la construcción de las viviendas de la aldea. Era el prototipo de hombre ideal y ella no podía evitar mirarlo de reojo cuando se lo cruzaba.

Lo había visto por primera vez en la cantina donde comían, pero no había sido hasta unos días más tarde que lo había podido conocer. Se había acercado a ella y se había presentado escuetamente. La había sorprendido la calidez que desprendía. Apenas habían cruzado unas palabras, pero desde luego Ethan era de esa clase de hombres que no pasan desapercibidos. Era el novio que toda madre querría para su hija. Sin embargo, ella no se sentía con fuerzas para comenzar otra relación. Lo que ella buscaba al convertirse en voluntaria era otra cosa.

Pensaba recuperar su felicidad proporcionándosela a los demás.

Y vaya si lo había conseguido. En cierto modo, su vida como profesora en aquella aldea de Anantapur era más difícil que en el colegio que trabajaba en Boston, las condiciones eran más duras, pero, a la vez, mucho más gratificantes.

Junto a algunas voluntarias extranjeras más y algunos profesores nativos, daba clase en la pequeña escuela. Era increíble el interés que aquellos chiquillos ponían en aprender. La prioridad de la fundación era aumentar los niveles de alfabetismo, reducir el absentismo escolar y velar por la igualdad de género en las aulas. A Sally le resultaba muy chocante ver como la sociedad india tenía esa predilección por los bebés varones, pero allí, gracias a todas las labores que realizaban en diferentes ámbitos, las cosas iban mejorando poco a poco.

Ella daba clases de primaria y observaba con orgullo como la práctica totalidad de los niños y niñas *dalits* de la zona iban a clase con ilusión. Admiraba a esos pequeñajos morenos y sonrientes que, pese a crecer en unas condiciones muy difíciles y con un estigma por pertenecer a una baja clase social, aprovechaban la oportunidad que ellos les brindaban y, además, la disfrutaban. Le encantaba verlos llegar subidos a las bicicletas con una eterna sonrisa en los labios.

Para ellos, ir al colegio era un regalo. Un tesoro muy preciado. Y Sally se sentía como un hada madrina cuando les enseñaba la lección.

Así que las semanas de Sally en la India habían transcurrido muy veloces. Trabajaba de lunes a sábado y apenas tenía tiempo para pararse a pensar. Justo lo que necesitaba. Una frenética actividad y poco tiempo para ella misma.

No habría encontrado mejor cura a su tristeza.

Poco a poco, recuperó la sonrisa, la vitalidad y la alegría. Esa misma que le transmitían los pequeños a los que enseñaba.

Volvió a ser la que era. Pero seguía sin sentirse preparada para ese «algo más», por lo que trató de no acercarse más de la cuenta al guapo doctor.

Hasta que, en uno de esos domingos en los que no trabajaba, algunas de sus nuevas compañeras decidieron sorprenderla.

Indra, la joven que la había recibido en la estación del tren el primer día, se había convertido en una amiga inseparable, y a ellas dos se les había unido Paula, una enfermera española que era puro amor.

—Oh, Sally —exclamó la joven india mientras se acercaba a su amiga con un buen pedazo de tela entre los brazos—. Creo que ha llegado el momento de que lleves la vestimenta tradicional.

—¡Un sari! —gritó Paula, dando una palmada.

—¿Un sari? ¿Vamos a vestirnos todas con la ropa típica? —preguntó Sally sorprendida.

—A ver, para empezar, señorita, yo ya llevo puesto un

sari —dio una vuelta sobre sí misma para lucirlo—. No tan elegante como este que traigo, pero un sari, al fin y al cabo. Y vamos a vestirte así porque te tenemos preparada una sorpresa.

—No estoy segura de que me gusten las sorpresas.

—¡Oh! Ya lo creo que te va a gustar —afirmó convencida Paula.

Las dos amigas no la dejaron protestar y, sin contarle en qué consistiría la sorpresa, le pusieron una blusa azul sobre la que enrollaron una tela rectangular de unos seis metros de largo y uno de ancho hasta formar con ella un delicado vestido en tonos plata y azules.

—¡Más te vale cuidarlo! Es mi mejor sari y el único de seda que tengo —Indra miró el que llevaba puesto y que estaba hecho de algodón.

Sally acarició el suave tejido y admiró el bonito color. Hacía resaltar sus ojos.

—Ven —dijo Paula—, voy a recogerte el pelo para que luzca más el traje.

Ella asintió y no pudo evitar palparse la nuca y recordar cuando llevaba una melena corta.

—Bueno, ¿vais a decirme de una vez por todas adónde vais a llevarme?

—Ah, pero lo importante no es dónde vas a ir —murmuró con secretismo la enfermera—, sino con quién. Por eso tienes que estar guapa.

Las dos se rieron por lo bajo y cuchichearon y, aunque le molestaba ser la única en no saber lo que pasaba, se alegraba muchísimo de haber encontrado dos personas como ellas con las que compartir su nueva vida. Si algo estaba claro, es que iban a ser muy buenas amigas, porque se preocupaban por ella de verdad.

«Como Charlotte», le dijo una vocecita en su interior.

Calló a la voz de su conciencia y les sonrió a sus dos nuevas amigas.

—Pues cuando gustéis. Yo ya estoy lista.

O al menos eso quería creer, porque lo cierto es que tenía la intuición de que el propósito de todo aquello era llevarla a una cita a ciegas y no sabía si estaba preparada para eso.

Aunque si tenía que elegir, sabía qué voluntario quería que fuera el que llevase el *dhoti*.

Mientras tanto en Londres

La vida de Thomas había vuelto a la normalidad, es decir, a la normalidad antes de conocer a Sally. Iba a trabajar y dedicaba largas horas al bufete, cenaba con su madre, salía de vez en cuando con los amigos y pasaba todo el tiempo que podía con Mary Ann cuando esta no estaba en el internado.

Aunque todavía tenía que hacer rehabilitación, se encontraba mucho mejor, y ella misma había querido volver a la rutina escolar. Era muy responsable y no quería perder el curso por culpa del accidente.

Aquella noche, volvía en taxi a casa después de tomar una copa con unos compañeros de trabajo en un *afterwork*, cuando se puso a ordenar la cartera y sacó, entre otros papeles, la entrada del musical de *Wicked* al que había ido con su hija. La miró con cariño y recordó que había ido a ver ese mismo espectáculo con Sally. De hecho, había sido el primero de los muchos que habían disfrutado juntos.

Se entristeció al pensar en ella y en cómo había terminado todo. Ojalá supiera dónde encontrarla. Iría y le haría ver que podían arreglar las cosas. Pero, no. Ella se había empeñado en desaparecer de la faz de la tierra y en olvidarlo para siempre.

Al dar la vuelta a la entrada se encontró con la imagen publicitaria de una ONG que trabajaba en la India y, como guiado por un impulso, sintió la necesidad de hacer una donación y colaborar con ellos.

Como si esa buena acción fuera a borrar todo lo malo que había hecho.

No se esperó ni a llegar a casa: desde el propio móvil entró en la web de la fundación y buscó el número de cuenta para, después, entrar en la aplicación de su banco y hacer una generosa transferencia.

Al llegar a casa, ya con más tranquilidad, se dedicó a ver en qué empleaban el dinero y quedó abrumado al ver la multitud de proyectos que tenían. Entre otros, los que más le gustaron fueron el de la construcción de viviendas y el que quería crear una red sanitaria que estuviera al alcance de toda la población.

Clicó en este último y leyó con tristeza que casi la mitad de los niños menores de cuatro años tenían un peso por debajo del de los niños de su edad y que, en concreto, esto sucedía sobre todo en las niñas.

Dios, tanto él como Sally llevaban meses compadeciéndose y ahogándose en un vaso de agua. Estaba claro que habían pasado malos momentos, pero nada comparado a lo que sufría aquella gente. Y mucha otra en diversos lugares del mundo.

Vio un teléfono de contacto y lo anotó en su móvil para llamar al día siguiente.

Sentía que debía colaborar con ellos y, además, quería implicar también a todo el bufete de abogados. Ya era hora de que hiciera algo bueno en la vida, algo bueno de verdad.

Capítulo 18

LA CENA

Los miembros de la fundación solían juntarse para comer o para hacer alguna excursión los domingos, formaban una gran familia, pero Ethan tenía la intuición de que aquella mujer que había visto en la cantina era lo que él necesitaba para formar su verdadera familia.

La familia que siempre había deseado.

No había intercambiado con ella más que un saludo el día que se le había presentado. Aunque la había estado observando en el resto de ocasiones. No porque buscara nada en concreto. Es que no podía evitarlo. Era como si sus ojos azules quisieran decirle algo. Esos tristes ojos azules a los que él tenía el firme propósito de devolver la alegría.

No podía decir que se había enamorado de Sally porque no la conocía, pero sentía una innegable atracción por ella.

Había preparado una sencilla comida en su casa para poder conocerla de verdad. En principio pensaba invitarla él, pero Paula, una de sus mejores enfermeras en el hospital de Bathalapalli y amiga desde que llegase a la India, le había sugerido que fuera una cita a ciegas. Imbécil de él, había aceptado la idea, y ahora temía que la joven profesora se tomase a mal aquella sorpresa. Porque, para enrevesarlo todo más, tanto ella como Indra se habían empeñado en que fuesen vestidos con los trajes tradicionales para que fuese más especial.

«¿Desde cuándo me dejo yo meter en estos embrollos?», se preguntó Ethan mientras paseaba, nervioso, por su casa.

Se consideraba una persona cabal y responsable. Era un médico de renombre. ¿Para qué se habría dejado liar en una chiquillada como aquella?

Cuando sonó el timbre supo que ya no había marcha atrás. Se acercó a la puerta y abrió sin pensarlo dos veces.

—Hola, Sally. Pasa, por favor —le dijo como si la conociera de toda la vida.

—Hola —replicó ella, tímida.

Puede que no llevara puesto un *dhoti*, pero, con unas sencillas bermudas verdes y un polo blanco, el médico australiano estaba impresionante. Le ofreció la mano a modo de saludo.

—Soy Sally, Sally Hope, la nueva profesora de inglés —rio, presentándose como si no recordara su primer encuentro—. Aunque me parece que ya lo sabes, Ethan —añadió, enfatizando la última palabra.

—Nos conocimos en la cantina, ¿recuerdas? Y sí, me temo que ya sé algunas cosas de ti —le cogió la mano para corresponder al saludo y, en un impulso, tiró de ella, dejando a Sally a escasos centímetros de él y le besó la mejilla—, aunque me gustaría saber muchas más...

Sally se sonrojó y el propio Ethan se sorprendió por su seductor tono de voz, ¿desde cuándo era tan lanzado?

—Ven, pasa, he preparado *biryani*. Es un plato típico.

Sally asintió y lo siguió hasta la mesa.

—Indra y Paula son geniales, ¿verdad? —le dijo mientras servía los platos.

—Sí. Han sido un gran apoyo desde que he llegado. Aunque no sé si hoy se han pasado un poco con el atuendo... —comentó dando una vuelta para lucir el espectacular sari con el que la habían engalanado.

—Bobadas. Estás genial.

—¿Y tu traje típico? Para estar en igualdad de condiciones deberías haberte puesto un *dhoti*.

Él levantó las manos, exculpándose.

—Imagino que no sabías nada de esto, ¿verdad?

Él negó con la cabeza.

—Está claro que mis dos nuevas amigas son unas liantas.

Ambos rieron.

Ethan dejó sobre la mesa una fuente llena de arroz basmati, verduras y pollo.

—Está muy sabroso.

—La clave está en las especias: clavo, cardamomo, canela, coriandro, laurel y hojas de menta.

—Así que además de un reputado médico eres un gran cocinero.

—¡Sí, soy todo un partido!

Pasaron el resto del día charlando y Sally, pese a la vergüenza que había sentido cuando sus dos amigas la habían abandonado en la puerta de casa del doctor, se alegró de la sorpresa que le habían dado. Todavía no lo conocía mucho, pero se notaba que Ethan era un buen hombre.

Le habló de su trabajo en el hospital y un escalofrío le recorrió el cuerpo cuando escuchó en qué condiciones llegaban los niños a la consulta y como a veces las familias repudiaban a sus bebés si eran niñas.

A Sally nada podía repugnarle más que aquello. Nunca entendería que un padre pudiera abandonar a un hijo.

Nunca.

Ethan compartía su opinión y, al notar que Sally apretaba los puños bajo la mesa y que sus labios formaban una fina línea, supo que había algo personal en todo aquello para ella. Algo que no le traía buenos recuerdos.

Decidió cambiar de tema y llevar la conversación hacia asuntos más banales. No quería entristecerla. Aunque se propuso conocerla más a fondo. Hoy no, pero ya tendrían tiempo más adelante. Día a día.

No pensaba separarse de ella si podía evitarlo.

Después de aquella comida, Sally y Ethan comían juntos todos los días. Se entendían muy bien, y a Sally el carácter tranquilo y paciente del médico le proporcionaba paz. Intuía que él quería algo más, pero todavía no estaba preparada.

Ella, que le había dicho a Thomas que no quería aventuras y que lo que buscaba era una relación seria, ahora no se sentía capaz.

Estaba muy a gusto a su lado y no podía negar que el doctor Macizo, como lo llamaba el resto de voluntarias, era atractivo hasta decir basta. Sin embargo, Sally había ido a la India para volver a ser ella misma, para recuperar su esencia ayudando a los demás, y tenía muy claro que empezar algo así no iba a ayudarla en absoluto. Además, tampoco iba a negar que todas las noches, al acostarse, Thomas invadía su mente.

Puede que hubiera conseguido apartarlo de su cabeza mientras era consciente de ello, pero no podía evitarlo cuando dormía. Sueños y pesadillas que mezclaban recuerdos y fantasías poblaban sus noches.

Hacía meses que no lo veía, pero Thomas seguía presente en su vida.

No, en esas condiciones no podía empezar nada con Ethan, aunque podía ser su amiga. Suspiró, malhumorada, aquella maldita noche entre las dunas había puesto su vida patas arriba.

«Ojalá no te hubiera conocido nunca, Thomas Grant».

Capítulo 19

DE VUELTA A CAPE COD

Thomas paseaba entre las dunas de Cape Cod mientras en su mente revivía una y otra vez aquella primera noche que había pasado con Sally en la playa. Era muy probable que hubiera sido la mejor noche de su vida y, sin embargo, todo lo que había sucedido en aquel entorno idílico había tenido unas consecuencias que habían terminando arruinándolo todo.

Aunque él también había tenido su gran parte de culpa.

Se quitó de golpe la camiseta y los zapatos y se zambulló en el agua. Tal vez ir a visitar a su hermano no hubiera sido buena idea. Aquel lugar lo removía por dentro.

Desde que había salido al porche no hacía más que pensar en ella. No es que no lo hiciera de manera habitual, pero allí los recuerdos eran más dolorosos porque pensar que había tenido la felicidad al alcance de la mano y la había dejado escapar lo hacía más duro.

Salió del agua, recogió sus cosas y caminó descalzo hasta la casa por la pasarela de madera. Su hermano y su cuñada estaban dentro de casa, preparando la cena, y su sobrina ya se había dormido. Levantó la vista al cielo y observó las estrellas. Había sido una noche como aquella cuando por fin había tenido a Sally entre sus brazos, cuando por fin la había besado, cuando por fin habían sido uno.

—Hermano, estás muy melancólico esta noche —exclamó Will desde la puerta que daba al porche.

Thomas se giró hacia él.

—Joder, Will. ¿Cómo no habría de estarlo? Pasé aquí mi primera noche con ella... No puedo evitar recordarla.

—Te entiendo.

—¿Dónde estará? No dejo de preguntármelo cada día. La última vez que la vi... Dios, estaba destrozada. Tengo miedo de que le haya pasado algo.

Will se acercó a él y le apoyó la mano en el hombro.

—No digas eso, Tommy. Henry no ha querido decirle a Charlotte dónde está su amiga, pero le ha asegurado que se encuentra bien y que está feliz. No le mentiría a ella.

—Pero... ¿cómo puede estar feliz? ¿Cómo? Después de cómo fue nuestra ruptura...

—No lo sé.

—¿Crees que hay otro?

El escritor se encogió de hombros.

Thomas se apoyó sobre la barandilla y agachó la cabeza, desolado.

—Tiene que ser eso. Hay otro. Estoy seguro que de no ser así no se habría olvidado de lo nuestro.

—¡Yo no he dicho que se haya olvidado de lo vuestro!

—No. Has dicho que Henry dice que es feliz. Tiene que haberme olvidado para ser feliz, porque yo no soy feliz y tengo muy claro que es porque no la he olvidado.

—La cena está lista —la voz de Charlotte desde la cocina los trajo de vuelta a la realidad.

William rodeó a su hermano con el brazo en un cariñoso gesto que Thomas agradeció.

—Anda, vamos a comer algo y a pensar en otra cosa. Charlotte quiere que le cuentes que es ese proyecto benéfico en el que andas metido.

Se sentaron a la mesa y Thomas recuperó un poco la cordura mientras les hablaba de la ONG con la que estaba colaborando. Se había implicado mucho, al punto de que su bufete de abogados se había convertido en una empresa colaboradora de la fundación.

—Me han ofrecido la posibilidad de visitar la región para ver el trabajo que allí se realiza —explicó.

—¡Vaya! Eso es una gran idea, Thomas, ¿vas a hacerlo?

—Sí, volaré la semana que viene hasta Bangalore y pasaré cuatro días en la zona de Andhra Pradesh.

—Veo que te has implicado mucho —comentó William.

—Sí —asintió—. Saber que estoy haciendo algo que puede ayudar a la gente me hace sentir mejor conmigo mismo —agachó la cabeza.

—¡Por Dios, Thomas! Deja ya de pensar en esa chica —gritó exasperado el escritor.

Charlotte frunció el ceño y de un modo nada discreto le pegó una patada a su marido por debajo de la mesa.

—¡Ay!

—Esa chica sigue siendo mi mejor amiga, Will.

—Lo siento, cariño, es que me pone enfermo ver a Thomas así.

—Hola —los interrumpió este último—. Estoy aquí, por si no os habíais percatado.

—Está bien, lo siento.

—Continúa, cuñado —concedió Charlotte.

—Pues nada, os comentaba que la fundación ofrece a las empresas que colaboran con ellos la posibilidad de recorrer durante cuatro días sus instalaciones y ver los diferentes proyectos en los que están colaborando. Durante ese breve periodo viviré y comeré bajo el mismo techo que los voluntarios que tienen allí y conoceré de primera mano en qué se está invirtiendo mi dinero.

Charlotte se puso en pie, recogió algunos platos y se acercó al banco de la cocina para traer el brownie que había preparado para el postre.

—¡Es maravilloso, Tommy! ¿Podríamos colaborar nosotros también? ¿Quizás con parte de los derechos de algún libro?

—Claro que sí. Lo hablaremos a mi vuelta, si os parece.

—Perfecto. Me parece que esta experiencia te va a cambiar la vida.

Thomas se quedó pensativo. A lo largo de su vida, varios acontecimientos lo habían marcado, aunque no especialmente para bien, y deseaba que este viaje fuera todo lo contrario.

Además del viaje a Anantapur, tenía intención de visitar también y darse un baño en el río Ganges, el más sagrado de la India y, por desgracia, el más contaminado del mundo, para purificar su alma.

Thomas no podía saber cuánto iba a marcarlo ese viaje...

Capítulo 20

EL ABANDONO

Era una mañana como otra cualquiera, Sally estaba dando clase en la pequeña escuela de la fundación. No podía evitar sonreír de oreja a oreja todo el tiempo que permanecía en el aula. Era ver llegar a aquellos niños y su estado de ánimo mejoraba al instante. No podía evitar sentir predilección por las niñas. Pese a que todos sus alumnos pertenecían a una de las castas sociales más bajas de la India, ser una mujer era todavía un obstáculo más en aquella sociedad y, por eso, ver a las niñas aprendiendo como los demás y disfrutando la conmovía.

Le encantaban sus largas trenzas de cabello oscuro adornadas con flores rojas y esa sonrisa perenne que embellecía sus rostros. Tenían una vida tan dura, tenían tan poco... Sin embargo, sabían encontrar la felicidad.

Uno de los principales objetivos de Sally como profesora era que ningún alumno abandonase la escuela, era muy importante para la fundación lograr el cien por cien de escolarización en educación primaria y, luego, ayudar a que sus alumnos siguieran estudiando y llegasen a secundaria.

En los meses que llevaba allí, de momento eso no había sucedido. No es que dispusiesen de los medios más modernos, pero al menos aquellos niños, que en circunstancias normales se habrían visto obligados a trabajar en el campo, en el mejor de los casos, tenían un futuro por delante.

El edificio era muy sencillo, apenas un par de aulas pintadas de azul y blanco en consonancia con el resto de la aldea. Tenían libros de texto y unas pequeñas pizarras individuales que usaban a modo de libreta. No había mesas ni sillas para tantos niños, así que se sentaban en el suelo frente a la gran pizarra sobre la que Sally escribía la lección con tiza.

Tiza. Un objeto tan sencillo y que ya estaba incluso dejando de utilizarse en occidente y, sin embargo, tan preciado en aquellas aulas. Sí, allí no había pantallas digitales y los niños no utilizaban tabletas ni bolígrafos, pero era muy posible que valoraran mucho más la educación que estaban recibiendo que cualquier niño normal.

Sally solía terminar sus clases con juegos y canciones, para que aprendieran divirtiéndose. Esa mañana tenía a los niños colocados en círculo en el medio del aula y estaban cantando.

—*Head, shoulders, knees and toes, knees and toes...* —coreaban todos al tiempo que señalaban las partes del cuerpo correspondientes.

De pronto, Indra abrió la puerta del aula con brusquedad y se encaminó directa a su amiga. Llevaba algo en los brazos. Algo envuelto en una colorida tela.

—¡Dios, Sally! ¡Es terrible!

Cuando los ojos de la profesora detectaron lo que la india llevaba en sus brazos se quedó helada, pero, por suerte, supo reaccionar a tiempo. Ella siempre había sabido tomar las riendas en situaciones difíciles y ahora iba a volver a hacerlo. Se giró hacia una de las alumnas mayores.

—Deepa, quedas encargada de la clase. Hay una pequeña urgencia y voy a salir, ¿de acuerdo? Enviaré a otra profesora a que siga la lección enseguida.

La niña asintió y todos continuaron cantando ajenos a lo que sucedía.

—*Eyes and ears, and mouth and nose...* ¡*Head, shoulders, knees and toes, knees and toes!*

Sally acompañó a Indra fuera y se llevó las manos a la cabeza.

—¿De dónde demonios has sacado a ese bebé?

—¡No lo he sacado de ningún sitio! Lo han abandonado.

—¿Abandonado?

—Sí. Dos alumnas lo han encontrado al venir a clase, oculto entre unos matorrales.

Sally le arrebató el bebé de las manos y lo estrechó entre sus brazos. Hundió la cara junto a la de aquella pequeña e indefensa criatura y le dio un tierno beso en la frente.

—No —susurró—. ¿Cómo puede alguien ser capaz de hacer esto? ¡Abandonar a tu propio hijo!

No debería haberle resultado tan extraño, más cuando ella misma era adoptada. Cuando Henry también lo era. Cuando tanta gente en el mundo se deshacía de sus hijos. Pero al tener aquel bebé inocente en brazos, al besarlo y acariciarlo, no podía entender que alguien no lo quisiera. Era inconcebible.

Ese ser diminuto y al que se veía tan falto de alimento y de cariño no podía inspirar más que amor. Sabía que la situación de algunas de las familias de la zona era muy, muy precaria, pero gracias al trabajo de la fundación no estaban tan acostumbrados a ver estas cosas. Sí, a veces llegaban niños muy desnutridos y en mal estado al hospital, Ethan se lo había contado, pero esto...

Miró con mayor detenimiento a la criaturita, no tendría más de una semana. La sostuvo con cuidado entre sus brazos y rezó en silencio por ella.

—¡Sally! —gritó nerviosa Indra, trayéndola de nuevo a la tierra—, ¿qué hacemos?

—Busca a alguien que se haga cargo de mi clase, yo me voy al hospital, Ethan lo atenderá.

Aunque el doctor se entristeció mucho por lo sucedido, no se sorprendió. No era la primera vez que lo veía desde que había llegado a la India. Teniendo en cuenta que cosas como aquella sucedían en los lugares más insospechados del mundo, que pasaran en una región tan pobre como aquella era, por desgracia, mucho más normal.

—Es una niña... —le dijo a Sally a modo de explicación.

Qué triste. ¿Cómo podía el ser humano llegar a esos extremos? Ella, que apenas unos días después de escuchar el latido de su futuro hijo lo había perdido, no podía comprenderlo. Tener un hijo era lo más hermoso que podía sucederle a alguien y, sin embargo, se habían deshecho de aquel tesoro como si de un desperdicio se tratara.

Sally hubiera dado lo que fuera por adoptar a aquella niña, pero sabía que los procesos de adopción no eran tan sencillos y que, por mucho que ella hubiera sido la que había llevado a la niña al hospital y tuviera una buena situación económica, no iban a dársela. Entre otras cosas, no tenía pareja, y ese era un aspecto que solía valorarse bastante.

—¿Se pondrá bien?

Ethan apretó los labios y se quedó serio.

—Está un poco deshidratada y desnutrida, pero voy a llamar a Paula, habrá que ingresarla en la Unidad de Cuidados Intensivos Neonatal, no tendrá más de una semana.

—¿Se morirá?

—No te negaré que esta niña está al borde de la muerte, pero creo que terminará por curarse. Aquí salvamos muchas vidas y estoy convencido de que esta será una más. Tranquila, ya sé que no tenemos muchos medios aquí, pero somos buenos profesionales. Está en buenas manos.

Sally asintió, no muy convencida. El hospital era como de los años cuarenta... Tenían muy pocos recursos y sabía, por lo que el médico le había contado, que ni siquiera hacían radiografías o analíticas si podían evitarlo. Sabía que Ethan era bueno. Era capaz de trabajar guiándose por los síntomas del paciente sin necesidad de tener resultados de laboratorio, pero aquella bebé, tan frágil y pequeña... ¿lograría sobrevivir?

Dejó escapar una lágrima. Tenía que salvarse.

Ethan la acompañó a un banco que había a las puertas del hospital.

—Espérame aquí. En cuanto deje a Paula a cargo de la pequeña vendré a verte. Tú no estás así solo por este bebé.

Otra lágrima cayó por su mejilla. No, no era solo por aquel bebé.

Mientras esperaba a que regresase, los minutos le parecieron horas. Como aquella noche en la que había sangrado y había ido a urgencias a ver si su bebé estaba bien. El tiempo había transcurrido con tanta lentitud... y luego todo habían sido malas noticias.

Levantó los ojos al cielo y deseó que no sucediese lo mismo esta vez.

Al cabo de un rato apareció Ethan, esta vez sin su bata blanca. Se acercó a ella y la rodeó con sus brazos. Sally se dejó abrazar y apoyó la cabeza sobre su hombro, mirando al paisaje que había tras él, pero sin verlo de verdad, pues tenía la mirada perdida.

—Todo está bien —le susurró él al oído—. La pequeña está estable. Estoy convencido de que se salvará.

Ella ahogó un sollozo de alivio.

—¿De verdad?

—No te lo diría si no lo pensase.

—Gracias, Ethan —musitó—. Por todo.

Sally se sentía a salvo con él. Ethan era un hombre bueno, amable, cariñoso. Cualidades que toda mujer querría en su pareja y en el futuro padre de sus hijos.

Él se separó un poco de ella, para poder mirarla a la cara.

—¿Estás mejor? —preguntó al tiempo que le secaba una lágrima.

—Sí. Es solo que esto me ha removido algunas cosas por dentro.

—Shhhh —Ethan le puso el índice sobre sus labios para que no siguiera hablando—. No tienes que explicarme nada. Ahora vas a acompañarme a casa y comeremos algo. No es bueno que te vayas a casa sola después de lo que hemos vivido en las últimas horas. Es normal que te afecte.

«También a mí me afecta», pensó el médico. «Menos mal que estás tú aquí».

Y, sin poder evitarlo, Ethan se dejó llevar por los sentimientos que lo habían atrapado desde el mismo día en que la había vislumbrado en la cantina. Con una mano le acarició la mejilla y se acercó con lentitud, posando sus labios con suavidad sobre los suyos.

Sally, sorprendida por el avance, se separó un poco, a lo que él respondió acercándose de nuevo y repitiendo el movimiento. Una vez. Y otra. Y otra. Muy despacio. Para no asustarla.

Ella cerró los ojos, sintiéndose protegida y querida con cada beso del médico.

Puede que no fuera el amor de su vida y que siguiera enamorada de otra persona, pero puede que con el tiempo lo amase de verdad. Ethan sería un buen compañero: tenía las cualidades correctas, se llevaban muy bien y era muy guapo; por algo se había fijado en él nada más verlo. Tal vez eso fuera suficiente.

Su hermano Henry siempre había visto así el amor, puede que tuviera razón y no hiciera falta un amor romántico como el de las novelas. Ella y Ethan formarían una buena pareja y estaba convencida de que él sería un buen padre para sus hijos.

«Pero no es Thomas», le dijo una vocecita en su interior.

Rabiosa por el hecho de que su mente lo sacase a relucir en un momento como aquel, decidió apartarlo para siempre de su vida. Tenía que borrar su rastro por completo.

Con fiereza y casi con rabia, se agarró a Ethan, y clavándole las uñas en la espalda lo atrajo hacia ella con todas sus fuerzas y lo besó. Sus labios y su lengua se movieron incansables, devorando la boca del doctor con ansia.

Él, atónito por la respuesta, se dejó llevar. Aquello era algo con lo que llevaba días soñando, pero no se había atrevido a hacer. Se pegó más a ella, sintiendo todo el calor que desprendía, y deseó despojarla de la camisa y el pantalón de lino blanco que llevaba.

—Vámonos a casa —susurró con voz ronca, separando sus labios de los de ella el tiempo justo para pronunciar esas palabras antes de lanzarse de nuevo a seguir saboreando su boca.

Sally gimió a la vez que asentía.

Ethan le apartó la melena a un lado y, girando con delicadeza su cabeza, acercó los labios a la tersa piel de su cuello. De nuevo redujo el ritmo, para besarlo despacio, deteniéndose en cada rincón.

—Vámonos —repitió, pues no podía continuar haciendo lo que deseaba allí, en la puerta del hospital.

Sally emitió un leve ronquido a modo de respuesta y, sin separarse ni un centímetro de él, se puso en pie para marcharse. Entonces, unas voces los devolvieron a la realidad.

—Y este es el hospital de Bathalapalli donde estamos implantando el programa de sanidad en el que colabora su empresa.

La frase no obtuvo respuesta.

—¿Señor Grant? Le decía que este es el hospital de Bathalapalli.

El médico y la profesora se separaron para encontrarse, a unos metros de distancia de ellos, a varios voluntarios de la fundación y al par de ojos más furibundos que jamás habían visto en su vida.

Capítulo 21

UN GOLPE DEL DESTINO

Thomas se quedó helado. La imagen que tenía ante sus ojos era tan dura que no podía asimilarla. Se agolpaban demasiados sentimientos en su interior y no sabía cuál predominaba por encima de los demás.

—¿Señor Grant?

La voz de sus acompañantes resonaba como un eco en su cabeza. No oía nada de lo que le decían, y no veía más allá de donde se encontraba Sally en brazos de otro hombre.

—Señor Grant, ¿se encuentra bien?

Thomas no respondió, no le salían las palabras.

No podía creer que al fin hubiera encontrado a Sally. Que el azar, el destino, o lo que fuera que hubiera sido que lo había traído hasta la India y hasta aquella ONG le hubiera ayudado a encontrarla, cuando se había convencido a sí mismo de que debía olvidarla para siempre.

Por desgracia, esa alegría no podía más que verse empañada por una ira que amenazaba con hacerle olvidar cualquier norma básica de comportamiento. Sentía como una ola de calor se iba apoderando de él y recorría su interior. Solo quería echar a correr hacia ese tipo que tenía a su chica en los brazos y partirle la cara.

Sí, partirle esa bonita y bronceada cara en mil pedazos.

Se llevó la mano a la frente y cerró los ojos tratando de calmarse, mas lo único que consiguió fue que su cruel mente reprodujera a cámara lenta la imagen que acababa de ver en directo.

Sally, abandonada en los brazos de aquel hombre, dejando que él la acariciara. Que la besara. ¡Dios, habría jurado que hasta la había escuchado gemir! Le hervía la sangre.

Abrió los ojos de nuevo y trató de recuperar la calma antes de hacer algo de lo que pudiera arrepentirse. Fijó la mirada en ella. ¿Lo había visto? La mezcla de sorpresa y temor en los ojos de ella le dijo que sí.

Bien. Iba a volver a adueñarse de la situación y a sacar partido de ellos.

—Discúlpenme —se giró hacia sus acompañantes—, me he quedado un poco aturdido. Habrá sido un golpe de calor.

—¿Se encuentra bien?

—Sí, no es nada. ¿Este es el hospital? Magnífico. Hacen una labor encomiable en esta organización —señaló a Sally y a Ethan—. ¿Son trabajadores del hospital?

—Son el doctor Ethan y la señorita Sally. Ella es voluntaria en la escuela. Venga, se los presentaré.

Sally observó, desde la poca distancia que los separaba, como Thomas se acercaba a ellos. Con los ojos fijos en ella y una furia que casi era palpable. ¿Qué hacía él allí?

Conforme se acercaba a ella, sintió que se le venía el mundo encima. Quería echar a correr y lanzarse en sus brazos, sin embargo, eran los brazos de otro los que la sostenían.

Ethan se percató de que sucedía algo con el visitante. Lo supo tan pronto sintió que el cuerpo de Sally se quedaba rígido junto al suyo. ¿Quién era ese tal señor Grant? La apretó contra él y sintió que se removía inquieta.

Aquello no marchaba bien.

Sally se estremeció al ver que Thomas se acercaba. Estaba cambiado. Parecía mayor y tenía unos ligeros surcos bajo los ojos. Esos ojos azul cielo que la habían encandilado y que solían destilar la alegría de un niño. Ahora eran fríos como el hielo y no dejaban entrever qué había tras ellos.

—Buenas tardes, doctor. Señorita Hope.

Ellos respondieron con un ligero asentimiento de cabeza.

—Les presento al señor Grant. Es uno de nuestros benefactores. En concreto está colaborando con el nuevo proyecto sanitario y de alimentación que estamos llevando a cabo.

—Un placer —Ethan soltó a Sally para saludarlo y le dio la mano con educación—. Le agradezco la ayuda que nos está prestando, ¿imagino que ha venido para conocer las instalaciones de la fundación?

—Así es —replicó mientras correspondía al gesto con un poco más de fuerza de la habitual. Estaba haciendo un esfuerzo sobrehumano para comportarse con corrección y no darle un puñetazo a ese tipo.

Ethan dio un paso atrás y volvió a abrazar a Sally, que se quedó todavía más rígida de lo que estaba.

Thomas se acercó a ella de manera intimidante y repitió el gesto, ofreciéndole la mano a modo de saludo.

—Señorita Hope.

El tono de voz que utilizó la inquietó. Encontrarse de nuevo con él, allí, en medio de la India, después de cómo había terminado su relación, resultaba complicado. Si él había visto lo que acababa de suceder en la entrada del hospital, peor aún. Por la mueca de Thomas, tenía claro que lo había visto todo.

—Señor Grant —replicó con firmeza. No iba a dejarse amilanar ahora. Se había desentendido de ella cuando se había enterado de que estaba embarazada y había tenido que enfrentarse ella sola a un aborto. Llevaba meses como voluntaria y hacía mucho ya que habían roto. No le debía nada. Ella estaba en su derecho de besar a quien le diera la gana.

Molesta, se abrazó de nuevo a Ethan, y ya estaba dispuesta a despedirse de Thomas y marcharse con el médico cuando interrumpieron su conversación. Una enfermera salió del hospital y se dirigió hacia él.

—Doctor, hay una mujer de parto, le necesitan.

Ethan gruñó. No podía haberse puesto de parto en peor momento. Tenía la intuición de que no era el mejor momento para dejar a Sally sola. No ahora que había aparecido ese hombre. No sabía qué los unía, pero algo pasaba. La reacción contenida de ambos al verse había sido suficiente.

—Doctor, es urgente...

—Está bien, ya voy —se giró hacia los demás—: Sally, vete a casa, iré a verte cuando termine. Señor Grant, ha sido un placer. He de dejarlos, me necesitan.

Thomas sonrió con falsedad.

—Lo mismo digo, doctor.

A regañadientes, Ethan se dio la vuelta y entró de nuevo en el edificio.

—Señor Grant, cuando quiera podemos seguir con la visita.

Él no podía apartar la vista de Sally. Apenas podía recordar para que había ido hasta allí ahora que la tenía frente a él. ¡La había encontrado! Tantos meses preguntándose qué había sido de ella, cómo se encontraría, adonde habría ido... y por fin la tenía delante. No veía nada más que no fuera ella. A su alrededor todo estaba borroso.

Estaba tan cambiada.

El pelo le había crecido y su tez clara tenía un ligero tono bronceado. Estaba más delgada, pero la veía muy sana. Y, por lo visto, se había integrado muy bien en la comunidad.

Thomas no quería seguir con la visita. Quería quedarse con ella. Tenían tantas cosas que decirse. No pensaba desaprovechar la segunda oportunidad que la vida le había brindado.

—Lo cierto es que me siento un poco cansado. Ya saben, el *jet lag*. Han sido unos vuelos muy largos y luego un trayecto en tren hasta aquí. Preferiría seguir mañana.

Sus acompañantes lo miraron extrañados. Apenas habían empezado la visita y, desde que había llegado, no les había parecido que estuviera cansado en absoluto, es más, había derrochado vitalidad por los cuatro costados.

—Estoy exhausto —añadió, al ver la incomprensión en sus rostros.

Sally sacudió la cabeza, crispada. Estaba más que claro que eran excusas para deshacerse de ellos y poder quedarse a solas con ella. Lo entendía. Habían pasado meses sin verse y era normal que estuviera aturdido por haberse encontrado en esas circunstancias. Decidió parar la pantomima y llamar a las cosas por su nombre.

—Lo cierto es que el señor Grant y yo ya nos conocemos. Somos viejos amigos.

Thomas enarcó una ceja al escuchar estas palabras.

—No ha querido ser maleducado, pero lo cierto es que tenemos mucho de qué hablar. Ha sido una casualidad reencontrarnos en la India.

—¡Vaya! ¡Qué coincidencia!

—Y tanto que sí. La señorita Hope y yo somos casi cuñados. Mi hermano y su mejor amiga están casados y somos los padrinos de su primogénita, pero hacía varios meses que no nos veíamos. Lo cierto es que no tenía ni idea de que estuviese aquí, en Anantapur.

Sally se revolvió inquieta. ¿Había sido en realidad cosa del azar? ¿O es que Henry se había ido de la lengua y Thomas había ido a buscarla? En un pequeño rincón de su corazón, deseó que hubiera sido esto último. Que todavía la quisiera lo suficiente como para haber ido hasta el otro extremo del mundo a reconquistarla.

—¿No tenías ni idea de que yo estuviera aquí?

—Lamento decepcionarte, pero esto ha sido también una sorpresa para mí.

¿Creía que había venido a la India por ella? Llevaba meses desaparecida, lo había echado de su casa y de su vida sin dejarlo explicarse, sin darle la más mínima oportunidad y ahora ¿insinuaba que había ido hasta allí por ella?

Suspiró.

Lo cierto es que si Henry se lo hubiese dicho cuando fue a buscarla a Boston unos meses atrás, con probabilidad habría cogido otro avión para llegar hasta ella. Habría sido un gran gesto. Puede que el que ella esperaba. Pero su amigo había sido hermético, así que no le había quedado otra opción que olvidarse de ella y seguir con su vida.

Y eso era lo que había hecho.

Centrarse en su trabajo y en Mary Ann, hasta que vio el dorso de aquella entrada de musical. Aquel musical que había visto por primera vez con ella. Y, entonces, todo había cambiado a mejor. Había encontrado algo en qué pensar y ocupar su tiempo. En vez de lamentarse y compadecerse se había dedicado a pelear por una buena causa y, al final, había tenido recompensa.

Tal vez fuera el karma. Tal vez el destino. Fuera lo que fuera, lo había llevado hasta ella.

—Es increíble entonces, que nos hayamos encontrado, Thomas —murmuró atónita Sally. Era cierto que la vida daba muchas vueltas, pero ¿tantas?

—Nunca te imaginarías lo que he sentido al verte.

Sally sintió que se sonrojaba. Por suerte, ahora estaba más morena y no se notaría tanto como cuando tenía la piel clara. Aquella conversación estaba tomando un cariz muy personal y no le apetecía tenerla en público. Se llevaba bien con la gente de la fundación, pero no había contado mucho de su pasado a nadie. Ni siquiera a Indra y Paula. El único que sabía alguna cosa más era Ethan, al que, por ejemplo, sí había contado que era adoptada. Aún así, tampoco sabía mucho más de su vida personal.

Sería mejor que hablasen a solas.

—Imagino que el señor Grant dormirá en el campus en las viviendas de los voluntarios, ¿me equivoco?

—En efecto, cuando recibimos visitas de particulares o empresas que colaboran con nosotros siempre los alojamos allí.

—Bien. En ese caso, yo seré su acompañante lo que queda de día, si no les importa.

—¡Por supuesto que no! ¡Seguro que tienen mucho de qué hablar!

—Señor Grant, ha sido un placer. Mañana a primera hora pasaremos a buscarlo, le mostraremos primero todo el trabajo que se realiza en el hospital y, después, iremos a la aldea para que vea cómo avanza el proyecto de construcción de viviendas.

—Estupendo. Muchas gracias.

Se quedaron quietos, observando cómo se alejaban. Tenían mucho que decirse. Iba a ser una noche muy larga.

Capítulo 22

EL REENCUENTRO

Thomas y Sally se miraron el uno al otro. Como si lo que tuvieran frente a ellos fuera un espejismo. En el fondo, así era, pues ambos no eran más que un reflejo de lo que habían sido antes de romper. Se quedaron así un largo rato, como si un imán impidiera que giraran la cabeza hacia otro lado.

Sally casi no podía creer que fuera real. Hacía apenas unos minutos que se había propuesto borrarlo del todo de su mente, y ahora lo tenía frente a ella.

—¿Qué haces aquí, Thomas?

—Ya te lo he dicho —respondió exasperado—. He venido a visitar las instalaciones de la fundación. Llevo un tiempo colaborando desde Londres y me ofrecieron venir a pasar cuatro días para ver los proyectos en los que invertían mi dinero.

Ella lo observó, dubitativa.

—No he venido a buscarte, si es eso lo que quieres saber.

Bajó la mirada. En el fondo no podía evitar sentirse desilusionada porque Thomas no hubiese acometido uno de esos grandes gestos propios de las películas y novelas románticas.

Él dio un paso hacia ella y, con la mano derecha, le sujetó la barbilla, obligándola a mirarle de nuevo.

—No, no he venido a buscarte.

Ella trató de apartar la cara al escuchar por segunda vez esta afirmación, pero él la sujetó con más fuerza y le impidió moverse.

—No he venido a buscarte, pero, ahora que te he encontrado, no pienso dejarte marchar.

Sally abrió los ojos ante la última afirmación.

—No me mires así, Sally. Acabo de encontrarte después de meses sin saber nada de ti. Estabas en los brazos de otro hombre. Y sí, he visto cómo lo besabas.

—Yo...

—No me interrumpas. Me echaste de tu vida y, por lo que veo, no te ha costado mucho sustituirme, pero te lo vuelvo a repetir, aunque no he venido a buscarte, no voy a dejarte marchar.

Sally se apartó, enfadada.

—¿Quién te crees que eres para decirme lo que voy a hacer? Estás muy equivocado si piensas que voy a volver contigo.

Se cruzó de brazos y frunció el ceño. No podía llegar de repente y pretender arreglarlo todo como si nada hubiera pasado.

Thomas se pasó la mano por el pelo. Lo tenía sudoroso. Dios, el caluroso clima de la India lo iba a matar. Le ardía la cabeza y ya no sabía si era por las altas temperaturas o por cómo se había encendido al ver a Sally en brazos de aquel hombre.

—¿Te duele la cabeza?
—Un poco —admitió.
—Ven, acompáñame a casa y te daré algo.
—¿Estás segura de que quieres?
Sally dudó un momento, pero al fin asintió:
—Sí. Tenemos algunas conversaciones pendientes y será mejor tenerlas allí que en la puerta del hospital.

Caminaron en silencio hasta la vivienda de Sally. En algún momento del paseo, sus manos se rozaron y Thomas deseó poder cogérsela, pero se contuvo. No quería estropear las cosas antes siquiera de que empezaran a arreglarse.

Las viviendas de la fundación eran muy básicas y tenían lo justo, pero era más que suficiente para vivir. Aun así, Sally había llevado consigo algunas de sus pertenencias, como el ordenador portátil.

—Me pregunto para qué utilizas ese cacharro si nadie puede saber dónde te encuentras.
—Henry y mis padres saben dónde estoy y lo que hago. Ellos me apoyan.
—¡Ah! ¿Y tu amiga Charlotte no? —preguntó irónico.

Thomas sabía lo mucho que Charlotte había sufrido por Sally. Desde que había tenido el aborto no le había devuelto ni una llamada, y ni siquiera le había dicho que estaba en la India. Sabía que eso le dolía profundamente, pero que perdonaba a su amiga por todo lo que habían vivido en el pasado.

—Charlotte no podía saberlo... —replicó entristecida.
—¿Por qué? ¿Para castigarme a mí tenías que castigarla también a ella?

Sally no respondió.
—Es tu mejor amiga.

—Lo era —corrigió. Era imposible que, después de meses sin saber de ella y de haberse marchado sin decirle adónde, Charlotte la siguiera considerando su mejor amiga.

Thomas se acercó a ella y trató de abrazarla, pero Sally se apartó con rapidez.

—Lo es. Charlotte te quiere. Está preocupada por ti, pero no está enfadada. Entiende por lo que has pasado.

Sally enmudeció y se dio la vuelta para ocultar las lágrimas que habían acudido a sus ojos.

—Voy a preparar algo de comer. Tenemos mucho de qué hablar.

—Está bien.

—Espera aquí, enseguida tendré algo listo.

Thomas alargó el brazo para detenerla.

—Te he echado de menos. No sabes cuánto.

Sally se soltó y siguió su camino hasta la cocina. Thomas había dejado de acecharla en sus sueños para aparecer en su realidad, ¿qué iba a hacer ahora? ¿Cómo podría seguir con su tranquila existencia ahora que había vuelto a verlo?

Media hora más tarde estaban sentados a la mesa, pero ninguno tenía hambre. Sally removía el arroz y el pollo de su plato con el tenedor sin dar ni un solo bocado. Thomas empujó el plato y lo apartó de él.

—¿No tienes hambre? —inquirió Sally.

—No. Y tú tampoco.

—Entonces, ¿qué sugieres?

—Si te dijera lo que sugiero, es probable que me dieras un bofetón y me echaras de tu casa ahora mismo.

Sally sintió como un escalofrío le recorría todo el cuerpo al ver que Thomas se ponía en pie y se acercaba a ella.

—Cuando aquel día me echaste de tu casa, no debí habértelo permitido.

La tomó de la mano y la levantó de la silla.

—Yo también estaba sufriendo, Sally, aunque no lo creas.

Con la mano que le quedaba libre la rodeó por la cintura y la atrajo hacia él.

—Sé que estás dolida y enfadada, pero yo también lo estoy. Yo también perdí a ese bebé. Puede que creas que no lo quisiera, pero así era.

—No.

—Sí, Sally, pero estabas tan inmersa en tu propio dolor que no me dejaste explicártelo. Me echaste de tu vida.

—No querías a ese bebé. Me dejaste sola cuando más te necesitaba.

—Pudimos haberlo arreglado...

Sally trató de apartarse, pero esta vez él la sujetó con firmeza.

—No. No vas a alejarte otra vez sin escucharme. Llevo meses pensando en ti. Nuestro último beso me persigue en sueños y me niego a creer que no pueda besar de nuevo tus labios.

Sally se llevó la mano a la boca. Su último beso. Lo había recordado tantas veces... Hoy Ethan la había besado también, Thomas ya no había sido el último.

—Oh, sí. Me importa una mierda que ese médico te haya besado hoy. Ni siquiera eso me va a hacer renunciar. Esperé un año para decirte que me gustabas y luego te perdí en un abrir y cerrar de ojos, pero ahora te tengo aquí y no pienso separarme ni un centímetro.

—No, Thomas. Te he dicho que vinieras a casa porque entendía que teníamos que hablar, pero no vamos a volver a estar juntos.

—No digas eso, Sally —la voz de Thomas fue una súplica en toda regla mientras la apretaba con fuerza hacia él.

—Sí, lo digo.

—No. La vida nos ha dado una segunda oportunidad, no la desaprovechemos.

En un momento en el que Thomas relajó los brazos, Sally logró apartarse.

—¡No! Vine a la India para olvidarte, para rehacer mi vida y lo he hecho. Soy feliz dando clases aquí, tengo nuevas amigas y he salido de la depresión en la que estaba entrando. No quiero que vuelvas a hacerme daño.

—Yo no quería hacerte daño... —susurró.

—Pues lo hiciste. Y mucho.

Sally se dirigió hacia el sofá y se sentó con los pies sobre él, rodeando las piernas con sus brazos.

—Yo quería tener ese bebé tanto como tú.

—No me mientas, Thomas. Recuerdo muy bien cuál fue tu reacción al saber que estaba embarazada y tengo grabado a fuego cómo me dejaste sola en medio de la consulta de la ginecóloga.

—Estaba nervioso y asustado, pero cuando escuché latir aquel corazón todo cambió.

—No te creo.

Thomas se acercó hacia ella y se arrodilló a sus pies.

—Hace meses que fui a Boston a buscarte, pero Henry no me quiso decir dónde te encontrabas. Hubiera venido mucho antes.

Sally dejó de contener el llanto y sollozó sin medida. Él se incorporó y se sentó a su lado, abrazándola.

—Sé que no era momento para dejarte sola, pero tampoco podía abandonar a Mary Ann...

El timbre de la casa sonó con fuerza, interrumpiendo la conversación.

—¿Quién viene a verte a estas horas? —inquirió Thomas, poniéndose en pie para abrir.

La mirada avergonzada de Sally le dio la respuesta. Era el médico con el que la había visto en el hospital.

—¿Estás con él?

—Eso a ti no te importa —replicó de malos modos, levantándose a su vez para evitar que fuera Thomas quien abriese la puerta—. Tienes que marcharte.

—No pienso irme de aquí.

Sally lo miró rabiosa, pero no replicó. Abrió la puerta y, como era de esperar, se encontró con Ethan.

—¿Todo bien? —preguntó el médico al verlos a los dos en la puerta y detectar que Sally tenía los ojos enrojecidos y la nariz hinchada de llorar.

—Sí. El señor Grant es un viejo amigo, pero ya se iba. Mañana tiene mucho que hacer en la fundación y está agotado por el cambio horario.

Se hizo a un lado para que el médico entrase y esperó a que Thomas saliese. En vista de que no lo hacía, lo invitó de nuevo a marcharse.

—Thomas, me temo que es hora de que te marches.

—Está bien, lo haré, pero quiero que sepas que estaré por aquí hasta el lunes. Si cambias de opinión ya sabes dónde encontrarme. Yo no voy a rendirme con tanta facilidad como lo has hecho tú.

Dicho esto, se dio media vuelta y salió de la casa sin mediar palabra con el nuevo invitado. Ethan y Sally se quedaron solos. La atmósfera de lo que habían vivido a las puertas del hospital se había evaporado por completo con la llegada de Thomas. El médico lo había intuido nada más verlo aparecer por allí, pero encontrárselo en su casa no hacía sino confirmar sus sospechas.

—¿Quieres hablar?

—Prepararé un poco de café.

Unos minutos más tarde, tras escuchar el borboteo de la cafetera, Sally apagó el fuego y sirvió dos tazas humeantes.

—¿Quieres saber quién es?

—Solo quiero saber lo que tú quieras contarme. Todos tenemos un pasado. También yo. Puedo entenderte si no quieres hablar de ello, aunque no te negaré que tengo cierta curiosidad, dada la embarazosa situación en la que lo he conocido y que acaba de salir de tu casa jurando que no va a rendirse.

—Thomas era mi novio. Es el cuñado de mi mejor amiga, lo conocí hace casi tres años. Mi amiga Charlotte y su hermano estaban en problemas y Thomas y yo los ayudamos. Me gustó desde que lo conocí, desde el momento en que escuché su voz. Luego ellos tuvieron a la pequeña Emma y nos hicieron los padrinos. Nos veíamos cuando había algún evento familiar y solíamos hablar por teléfono —Sally hizo una pausa para dar un trago de café—. Estaba claro que nos gustábamos, pero ninguno se atrevía a dar el paso. Él vive en Londres y tiene una hija adolescente y yo vivía en Boston. Imagino que una relación a distancia nos parecía algo complicado.

—Es que lo es.

—Cierto. El caso es que, hace casi un año, mi amiga nos invitó a su casa en Cape Cod para celebrar el cumpleaños de su hija, y esa noche, entre las dunas, ya no pudimos evitarlo. Al día siguiente, Thomas hizo pública nuestra relación y me marché a Londres a pasar el verano con él y su familia.

—Hasta aquí parece todo idílico —murmuró incómodo Ethan.

—Bueno, es lo que parecía. Llegó septiembre y regresé a Boston. La distancia no es la mejor compañera cuando llegan los problemas y estos llegaron muy pronto.

—¿Qué pasó?

—Que descubrí que estaba embarazada.

Ethan la miró con extrañeza. Por lo que conocía a Sally y el cariño que sentía por los niños, le parecía raro que eso hubiera supuesto un problema para ella. ¿Tal vez para Thomas? Aunque acababa de decirle que tenía una hija adolescente, ¿dónde estaba el problema en tener otro?

—La mujer de Thomas murió al dar a luz a su hija —explicó—, y no quería tener más hijos. Me lo dejó bien claro desde el principio, pero pensé que con el tiempo cambiaría de opinión...

—Pero no fue así.

Ella negó con la cabeza.

—Todo se complicó enseguida. Su hija sufrió un accidente y tuvo que volver a Londres. Yo me quedé sola y unos días más tarde sufrí un aborto. Tardó dos días en aparecer. Rompí con él en el acto y no había vuelto a saber nada más de él hasta que ha aparecido hoy en el hospital.

—Así que viniste aquí huyendo de todo lo que te atormentaba.

—Sí.

—Tú... —Ethan temía la pregunta que estaba a punto de lanzar, pero tenía que hacerla—, tú... ¿todavía lo quieres?

Ella se tapó la cara con las manos, avergonzada por la

respuesta que iba a darle. Y más después de cómo lo había besado antes.

—Sí —admitió—. No puedo perdonarlo, pero lo sigo queriendo.

Ethan se derrumbó sobre la mesa. Llevaba meses pensando en ella a todas horas. Siendo su amigo. Soñando con el momento en el que por fin pudiera besar sus labios. Hoy lo había conseguido y, sin embargo, presentía que no iba a poder volver a hacerlo. Se armó de valor para realizar la otra pregunta que le atormentaba.

—¿Qué es lo que sientes por mí?

Sally dudó antes de responder. Sentía muchas cosas por él y, aunque no era lo mismo que con Thomas, en cierto modo, también lo quería. O quizás es que pensaba que podría quererlo.

—Me gustas, Ethan, y te tengo mucho cariño. Me transmites paz y protección, contigo me siento bien y me has devuelto la calma que necesitaba.

—Pero no me quieres.

—Te quiero... pero es diferente.

Ethan sacudió la cabeza. Así no podían estar juntos.

—Cariño, sabes que desde que te vi en la cantina quedé prendado de ti. Organicé aquella comida sorpresa porque quería conocerte. Y esperaba que con el tiempo pudiéramos, ya sabes, ser algo más que amigos.

Sally apartó la taza de café a un lado y alargó los brazos para tomar las manos del médico. Se sentía mal consigo misma por haberlo besado con esa desesperación, por haberle hecho pensar que lo suyo podía ser algo más.

Tal vez podría serlo. Pero no ahora.

Y mucho menos después de que Thomas hubiese reaparecido en su vida para hacerlo saltar todo por los aires.

—Es posible que... más adelante... —tartamudeó.
Ethan se soltó y se puso en pie.
—No te preocupes, lo entiendo. Seguiremos siendo amigos y quiero que sepas que estaré esperando, por si cambias de opinión.
—Gracias.
Sally le acompañó hasta la puerta y se despidió de él con un beso en la mejilla. Luego se cambió de ropa y se metió en la cama. Se quedó mirando al techo. Tenía los ojos abiertos como platos y el corazón le iba a mil por hora. Las emociones del día y la dosis de cafeína que acababa de ingerir probablemente no iban a ayudarla a conciliar el sueño.

Repasó todo lo que le había sucedido a lo largo del día: la niña abandonada, el beso de Ethan y la reaparición de Thomas. Demasiado para una jornada.

Se quedó pensativa. Resultaba extraño que Thomas hubiese terminado colaborando con la misma fundación que ella. Él le había dicho que no tenía ni idea de que estuviera allí, pero ¿y si le había mentido? ¿Se habría ido Henry de la lengua? Estas, y muchas otras preguntas, la asaltaron a lo largo de la noche impidiéndole dormir. Cuando sonó el despertador supo que no le quedaba más remedio que enfrentarse al nuevo día.

Lo que significaba enfrentarse a Thomas.

Capítulo 23

UNA CLASE ESPECIAL

Aquella mañana, Sally se levantó ojerosa y cansada. Apenas había dormido, y el poco rato que había logrado conciliar el sueño había estado plagado de pesadillas. Se levantó de la cama y se bebió los restos de café de la noche anterior al tiempo que preparaba otra cafetera. Iba a necesitarla.

Sabía que no iba a librarse de volver a encontrarse con Thomas y temía su reacción. Le hubiera gustado volver a meterse en la cama y no salir hasta que él regresara a Londres, pero tenía una responsabilidad como profesora voluntaria y eso pesaba más. No iba a dejar solos a sus niños.

Se vistió y se recogió el cabello en dos trenzas como las que solían llevar sus alumnas. Trató de sonreír a su imagen en el espejo. Si sus alumnos podían sonreír felices con la realidad que les había tocado vivir, ella estaba en la obligación de hacerlo.

Se vistió, como venía siendo habitual desde que había llegado a Anantapur, con un pantalón y una camisa de manga larga de lino, se calzó unas sandalias y salió de casa para dirigirse a la escuela.

La mañana transcurrió con absoluta normalidad y no tuvo noticias de Thomas.

A la hora de comer, coincidió en la cantina con Indra y Paula, pero seguía sin haber ni rastro de Thomas y, además, tampoco estaba Ethan.

—Se ha quedado en el hospital examinando a la pequeña que encontrasteis ayer. Al parecer evoluciona bien, pero quería realizarle algunas pruebas más para estar seguro.

«Ya. Y seguro que tampoco tiene ningunas ganas de comer conmigo después de lo que hablamos anoche», pensó Sally con amargura.

—¿Te encuentras bien? —inquirió Indra al ver la cara que ponía.

—La verdad es que no.

—No será por el tipo ese que llegó ayer, ¿verdad? El que está financiando algunos de los nuevos proyectos.

—¿Cómo sabes tú eso?

—La enfermera que salió a buscar a Ethan para que viniera a ver a la pequeña. Es un poco cotilla. Me comentó que el doctor y tú estabais abrazados y que el tipo este os miraba con los ojos inyectados en sangre.

Sally no pudo por menos que soltar una carcajada ante la gráfica descripción de la mirada furibunda de Thomas.

—Ese tipo —explicó— se llama Thomas y era mi novio.

—¿Cómo? —preguntaron al unísono.

—Lo que oís. Parece que el destino ha hecho que nuestros caminos vuelvan a cruzarse y no podría haberlo hecho en un momento menos oportuno.

—¿Por qué?
—Porque cuando apareció, acompañado de dos voluntarios que iban a enseñarle el hospital de Bathalapalli, Ethan y yo estábamos besándonos en la puerta.
Sus amigas la miraron alucinadas.
—Pero, ¡eso es magnífico! —exclamó Paula—. Por fin estáis juntos.
—Eh... me temo que no.
—¿Cómo que no?
Sally buscó las palabras adecuadas para explicarlo. Sus amigas adoraban al doctor y no iba a parecerles bien que le hubiera dado falsas esperanzas, pero es que, en aquel momento, después de todo lo que habían pasado... había sido inevitable.
—No debí haberlo besado cuando sigo estando enamorada de otra persona.
—¿Del tal Thomas?
—Mirad: no era mi intención hacerle daño a Ethan. Lo quiero mucho, solo que no de esa manera. Ayer, cuando él me besó, me sentí bien y pensé que, con el tiempo, podría quererlo como es debido. Pensé que con él olvidaría a Thomas y podría rehacer mi vida, pero...
—Pero cuando apareció ante tus ojos te diste cuenta de que eso no iba a ser así —terminó por ella Indra.
—No lo entendéis. Yo no voy a volver con Thomas, pero no puedo evitar quererlo.
—Y, si lo sigues queriendo, ¿por qué no vas a volver con él? —preguntó Paula—. ¿Es que él no quiere?
Él sí quería. Eso se lo había dejado muy claro la noche anterior.
—No es eso, Paula. Es que han pasado muchas cosas entre nosotros.

—Pero, si os queréis, no entiendo dónde está el problema.

El problema era que estaba enfadada con él. Lo había pasado muy mal y verlo le recordaba todo aquello. Además, el hecho de que hubiera aparecido ante ella como por arte de magia no cambiaba las cosas. Thomas no quería hijos y ella sí.

—No queremos las mismas cosas de la vida. Pero que no estemos juntos no evita que yo siga sintiendo algo por él.

—Deberías hablar con él —aconsejó Indra.

—¿Para qué? Además, él vive en Londres y yo estoy en la India. Ya hemos vivido lo de la relación a distancia y no funciona.

—Podrías marcharte con él.

—¡Ni hablar! Me quedan como mínimo otros seis meses más de voluntaria y pienso cumplirlos. Además, no descarto ampliar el periodo. Ya sabéis que puedo permitírmelo.

—Pero Thomas...

—¡«Pero Thomas», nada! —¿qué demonios les había dado a sus amigas por él? Si ni siquiera lo conocían—. Dejemos el tema. He de volver a la escuela.

Apartó la bandeja y, sin despedirse de sus dos compañeras, salió de allí como alma que lleva el diablo.

De camino a la escuela, pasó por la aldea y no pudo evitar fijarse en la construcción de nuevas viviendas que realizaba la fundación. Puede que a algunos aquellas pequeñas casas pintadas de blanco y azul y que apenas tenían dos estancias les pareciera poca cosa, pero para los habitantes de la zona, que pertenecían a las castas más bajas, suponían un gran cambio en sus vidas.

Se fijó en aquellos que, bajo el sol abrasador que caía, trabajaban en la obra. Su trabajo tenía un gran mérito. Muchos de ellos eran los propios nativos, pero también había voluntarios que colaboraban. Uno de los voluntarios, que se encontraba de espaldas a ella, trabajaba sin camiseta y se estaba quemando a causa del sol. Tenía la piel muy clara y, aunque se hubiese puesto protección, el sol quemaba a esas horas.

Se acercó para decirle que se pusiera una camiseta, cuando se percató de quién era.

Thomas llevaba unos pantalones color kaki y una sencilla camisa blanca que había tirado al suelo, pues estaba empapada. Ni siquiera se percató de su presencia, tan enfrascado como estaba con su tarea.

Tenía la espalda enrojecida y gruesas gotas de sudor le caían por la frente. Se lo veía agotado, pero satisfecho con lo que estaba haciendo.

Sally no pudo evitar mirar su torso. No cabía duda, al ver sus trabajados abdominales, que estaba en forma, pero también era muy cierto que no estaba acostumbrado a hacer trabajos de ese tipo. Él vivía encerrado en su despacho, se movía en taxi por la ciudad y su ejercicio físico consistía en ir al gimnasio y jugar algún que otro partido de tenis. Y nunca bajo un sol tan abrasador como aquel.

La piel clara de Thomas vivía acostumbrada a la lluvia y la niebla de la capital inglesa y no solía verse expuesta de aquella manera.

Se acercó hasta la casa que estaban construyendo y lo llamó. Tenía que curarle esa espalda.

Thomas se giró sorprendido al ver que ella lo llamaba.

—¿Qué ocurre, Sally?

—Acércate, por favor. Me parece que te estás quemando.
—No te preocupes, estoy bien.
—Por favor, deja que te mire la espalda.

Thomas aceptó a regañadientes. Había pasado parte de la mañana visitando el hospital, los campos donde cultivaban y otras muchas cosas y, aunque se había sentido satisfecho por lo mucho que podía ayudar el dinero que él enviaba no había podido evitar pensar que eso no era suficiente.

Dar dinero estaba bien, de hecho, era una de las cosas que más necesitaban en la fundación, pero era demasiado sencillo para él. No le suponía nada. Ni a él ni a sus empleados, que, gracias a su iniciativa, también colaboraban. Necesitaba hacer algo más, algo que supusiera mancharse las manos y que fuera, de algún modo, un sacrificio.

Ayudar en la construcción de aquella casa, no solo había cumplido con esas dos condiciones, sino que le había ayudado a tener la mente en blanco y a no pensar en ella.

Llevaba casi dos días sin dormir. Entre el *jet lag* y la noche anterior que apenas había podido conciliar el sueño... Estaba agotado.

Nunca habría imaginado que aquel viaje fuera a darle tanto. No solo la satisfacción personal de ayudar a los demás, sino la posibilidad de recuperar a Sally. El hecho de que en aquel preciso momento se estuviera preocupando porque se había quemado significaba que todavía le importaba un poco.

—Está bien —se acercó a ella.
—Date la vuelta, déjame verte la espalda —ahogó un chillido—. ¿Te has vuelto loco, Thomas? Cómo se te ocurre quitarte la camisa con la que está cayendo. Tienes esto en carne viva.

—No será para tanto —gruñó, aunque lo cierto es que empezaba a picarle la espalda.

—¡Eres un inconsciente!

—Vale, está bien, ¿qué quieres que haga? Ahora ya me he quemado.

—Vete al hospital, allí te podrán aplicar alguna pomada.

—¿Quieres que vaya a que me atienda tu amiguito el doctor? ¿Lo pasaste bien con él anoche cuando os dejé solos? —preguntó con rabia.

—No quiero que vayas a que te atienda ningún amiguito mío, cualquier enfermera te podrá hacer una cura. Y respecto a lo segundo —levantó la barbilla y lo miró altiva—, lo que yo haga en mi intimidad no es asunto tuyo.

Thomas la agarró de la cintura y la atrajo hacia él.

—Claro que es asunto mío —siseó—. ¿Cómo crees que me sentí ayer cuando te vi devorando su boca? Quise morirme. De hecho, creí que me moría.

Sally forcejeó un poco, pero Thomas la tenía bien cogida.

—Sigue sin ser de tu incumbencia. Tú ya no eres nadie para mí.

—Porque no me has dejado serlo. Yo nunca quise alejarme de ti.

—Pero lo hiciste. Asume ahora las consecuencias.

—¡No! No voy a hacerlo. Fuiste tú la que me echó de su vida y desapareció. ¿Crees que voy a renunciar a ti solo porque estés con otro? Me da igual lo que quieras, eso no va a suceder.

—No estoy con Ethan —murmuró Sally sin atreverse a mirarle a los ojos.

—¿Cómo has dicho? —Thomas esbozó una sonrisa.

—He dicho que no estoy con Ethan.

—Bien —la soltó—, ¿crees que tú podrías curarme la espalda?

—No vayas tan deprisa, Thomas, que no esté con él no significa que vaya a estar contigo.

—Solo te he pedido que me cures la espalda —replicó con voz de niño bueno.

—De acuerdo. Tengo que ir a dar clase a la escuela. Ven conmigo, algo habrá en el botiquín.

Caminaron juntos hasta la escuela y Thomas, que había recuperado parte de su alegría natural al ver que no estaba con el médico, había tratado de cogerla de la mano un par de veces, pero Sally no había cedido y había apartado la mano siempre. Seguía comportándose de un modo frío y arisco con él. Sin embargo, el hecho de que hubiera admitido que no estaba con el doctor Ethan le decía a Thomas que todavía tenía alguna, aunque remota, posibilidad.

Llegaron a la pequeña escuela y Sally fue directa al lugar donde guardaban el botiquín. Era bastante básico, pero, por fortuna, encontró algo que untarle a Thomas.

Sally le extendió la pomada por la espalda y, aunque trató de hacerlo lo más rápido posible porque no quería tocarlo más de lo necesario, no pudo evitar que un hormigueo recorriera su cuerpo cuando sus manos acariciaron su espalda.

—Ya está.

—Gracias —respondió antes de ponerse la camisa. Seguía mojada, pero no quería que le diera más sol en la espalda. Le escocía. Al parecer, sí que se había quemado bastante. Aunque sentir las manos de Sally recorriendo su cuerpo había hecho que valiera la pena.

Ella se dio la vuelta con el bote en la mano, dispuesta a dejarlo en su sitio e irse a clase, pero se percató de que él no se marchaba.

—Thomas, ya está, puedes volver a la obra.

Él no respondió.

—Tengo que dar la clase, vete a ver lo que sea que tengas que ir a ver.

—Tú eres todo lo que quiero ver.

Sally se quedó pensativa. Tal vez podría quedarse a ver su clase. Sería un invitado especial. A los niños les encantaría.

—Está bien —esta vez fue ella la que le ofreció la mano para que se la cogiera y él la tomó satisfecho y sonriente—, vas a ser mi ayudante.

Thomas la siguió hasta la clase y se alegró al ver como todos los niños se abalanzaban para saludar a Sally y ella correspondía a sus gestos de cariño.

—Shhhh, venga, ¡quietos, quietos! —la algarabía formada por los niños era difícil de calmar—. Hoy os he traído un invitado especial.

Todos se giraron a mirar a Thomas, que los saludó con timidez.

—Este es el señor Grant. Viene de Londres y hoy va a contaros muchas cosas sobre su ciudad.

Los niños aplaudieron y vitorearon al tiempo que lo rodeaban. Sally tuvo que calmarlos de nuevo.

—¡Parad de una vez! Os quiero a todos sentados en círculo —ordenó mientras traía la bola del mundo que tenían en clase y que era una de las cosas que más gustaba a los críos—. ¿Podéis señalarme dónde está Londres en el mapa?

Varios niños lo hicieron correctamente.

—Estupendo. Pues ahora el señor Grant os va a contar algunas cosas sobre su ciudad y su historia, ¿de acuerdo?
—¡Sí! —corearon.
Durante casi dos horas, Thomas charló y se divirtió con los niños mientras Sally lo miraba embelesada. ¿Cómo podía un hombre con semejante mano para los niños no querer tener más? Se le daban tan bien.
Todavía se le hacía extraño verle allí, fuera de su entorno, pero no podía negar que se alegraba. Lo había echado tanto de menos...
Cuando la clase terminó y los niños se marcharon se acercó a él.
—Has estado genial.
—Muchas gracias. Me parece que gracias a mí te has ahorrado una clase —bromeó.
—Ha sido un placer ejercer de oyente para variar.
Sally cerró el aula y salieron de la escuela. De repente, se puso nerviosa. Todavía tenían mucho de qué hablar y tenía la intuición de que él iba a querer hacerlo esa noche. No estaba preparada y, además, tenía miedo de que él quisiera algo más. La noche anterior había sido fuerte, pero no estaba segura de poder seguir siéndolo.

Capítulo 24

EL MAYOR ERROR

Caminaron de regreso a casa en silencio. Como si quisieran guardarse las palabras para lo que se dirían luego. Todavía tenían mucho de qué hablar.

Al llegar, le dijo que se sentase mientras preparaba algo de comer, pero Thomas se acercó a ella negando con la cabeza.

—No perdamos más tiempo, Sally.

—¿Qué quieres decir?

—No tengo hambre. No he venido para cenar, he venido porque quería estar contigo.

—De acuerdo, pero deja que prepare un poco de té o café.

—Me parece bien —concedió—. Para mí un té.

Sally estaba en la cocina, preparándolo, cuando Thomas, que había permanecido en silencio hasta ese momento, soltó:

—¿Por qué estabas besando al médico si no sales con él?

Ella se giró, molesta. Entendía que le hubiera molestado encontrársela de nuevo en aquellas circunstancias. Comprendía que no era plato de buen gusto, pero no tenía ningún derecho a enfadarse. De hecho, Ethan tenía muchos más motivos para estar disgustado

Con todo, quiso ser sincera con Thomas.

—Lo besé para olvidarte.

—¿Para olvidarme?

—Sí, porque no hay un maldito día que no te me aparezcas en sueños. Porque no puedo dejar de recordar todo lo que pasó. Porque sigo enfadada contigo. Y porque te quiero.

—¿Me quieres?

—Sí. Si eso es lo que querías escuchar, ya lo tienes. Pero también sé que no voy a volver contigo. Creía que nunca más volvería a verte y que podría empezar mi vida de cero con él.

Thomas se acercó a ella despacio. Le quitó las tazas de té, que ya había preparado, de las manos y las depositó, con cuidado de no derramar nada, sobre el banco de la cocina.

—A él, ¿lo quieres?

Sally asintió. Puede que no lo quisiera del mismo modo, pero algo sentía por Ethan, eso tampoco podía negarlo. Llevaba meses pasando la mayor parte del tiempo a su lado y, de no haber seguido el recuerdo de Thomas vivo en su mente, era probable que hubiera sucedido algo entre ellos mucho antes. Y, además, estaba convencida de que su vida sería mucho más sencilla al lado del médico.

Thomas la atrajo hacia él y la tomó entre sus brazos. Hundió la cabeza en su cuello y aspiró el aroma de su piel. Lo había extrañado tanto. Y Sally no rechazó su avance, pero se quedó quieta, muy quieta, como si al quedarse inmóvil fuera a evitar las caricias de su cuerpo.

El vello de la piel se le erizó al sentir como Thomas empezaba a recorrer el cuello con sus labios, de abajo a arriba, hasta llegar a la parte de detrás de la oreja. La besó despacio y, cuando sintió que ella empezaba a removerse entre sus brazos y que su respiración se volvía más agitada, se metió el lóbulo en la boca y lo lamió con avidez.

Sally exhaló un suspiro y él supo que avanzaba en la dirección correcta.

—¿Te provoca el médico esto?

Ella no respondió. Tan solo cerró los ojos y se dejó arrastrar por el mar de sensaciones que las manos y los labios de Thomas le provocaban. Sin dejar de lamer su oreja, metió ambas manos por debajo de la camisa de lino y le levantó el sostén, dejando al descubierto sus pechos.

—Dices que no vas a volver conmigo, pero no me estás poniendo muchos obstáculos, señorita Hope —murmuró al tiempo que le pellizcaba los pezones, primero con suavidad y, poco a poco, con fuerza, hasta que le robó un gemido de placer.

—Ah.

—Dime que él te da esto y me largaré —continuó Thomas, mientras seguía estimulándole los pechos sin parar.

—Ah —gimió Sally de nuevo, incapaz de articular una palabra.

—Si no vas a volver conmigo —le susurró al oído—, al menos lograré que no me olvides nunca.

La cogió del mentón y la besó con furia.

—Nunca, ¿me has entendido?

Ella respondió quedándose quieta de nuevo, tratando de no responder a los movimientos de su lengua, que buscaba la suya, y las caricias de sus labios. Thomas ignoró su pasividad y siguió besándola, incansable. Llevaba meses recordando el beso que se habían dado al romper. Si este iba a ser el último de verdad, no iba a desaprovecharlo. Enfadado al ver que ella no respondía al beso, le pellizcó con más fuerza uno de los pechos y, como si de pronto hubiera presionado el botón de encendido, Sally se unió a él.

Sus lenguas se movían al mismo ritmo, insaciables, querían más.

Mucho más.

Thomas detuvo sus movimientos con las manos y se separó de ella un segundo para quitarle la camisa.

Sally entreabrió los ojos y cogió aire. Thomas la abrazó de nuevo y, antes de que su lengua invadiera de nuevo su boca, ella le dijo:

—Esto no cambia nada.

—Eso ya lo veremos —replicó con rabia.

Se besaron como nunca antes lo habían hecho, con desesperación, como si en cada movimiento pudieran descargar parte de la rabia y el dolor que los consumía por dentro.

Se separaron unos milímetros para volver a respirar y Thomas se desabrochó la camisa y la tiró al suelo. Luego soltó el nudo de los pantalones de lino de Sally, sin que ella opusiera resistencia, y los dejó caer al suelo. Los hizo a un lado con el pie y, cogiéndola por los muslos, la dejó sobre el banco de la cocina. Luego le separó las piernas y le quitó con delicadeza la ropa interior.

—Thomas, no deberíamos... —musitó Sally al ver que estaba perdiendo el poco control que le quedaba.

—¡Me importa una mierda! —exclamó Thomas, al tiempo que se inclinaba sobre ella para volver a besarla y, al tiempo, le acariciaba la parte interna de los muslos y se acercaba peligrosamente hacia su zona más íntima.

Sally lo sujetó por la espalda y lo acercó más a ella cuando sintió que los dedos de Thomas se movían con habilidad por esa parte de su cuerpo que hacía que se activara cada una de sus terminaciones nerviosas.

Él ahogó un grito de dolor al sentir sus manos sobre su quemada espalda, pero no se detuvo. Tenía justo lo que quería.

La miró a los ojos.

—¿Qué es lo que quieres, Sally?

Siguió acariciándola con delicadeza. Estaba muy húmeda y él sabía lo que necesitaba, pero no pensaba dárselo si no se lo pedía.

—Ya lo sabes —replicó enfadada mientras echaba la cabeza hacia atrás y se dejaba llevar por los hábiles movimientos de los dedos de Thomas. Aquello era insoportable.

—Dímelo —murmuró antes de hundir la boca en su entrepierna y repetir con la lengua los movimientos que acababa de hacer con la mano.

Ella le lanzó una mirada como si fuese a matarlo y gimió. Era demasiado.

—Dímelo, Sally —repitió.

Al fin, lo admitió:

—Te quiero a ti. Ahora.

Satisfecho, Thomas detuvo sus movimientos y la cogió de las nalgas, atrayéndola hacia él. Se desabrochó el pantalón y se hundió en su cuerpo. Suspiró. Ambos se quedaron quietos durante un segundo observándose el uno al otro, antes de empezar a moverse al unísono.

Durante unos minutos volvieron a ser uno, se olvidaron de todo y subieron a lo más alto para, segundos después, volver a la realidad.

A la dura realidad.

Sudorosos y cansados, sus cuerpos permanecían pegados y sus miradas no se despegaban.

No dijeron nada, pero sus ojos lo decían todo.

«Dios, Sally, cuánto te he echado de menos».

«Esta será la última vez, Thomas».

Silencio.

Después de lo que acababan de vivir ninguno se atrevía a decir nada, así que se separaron, se vistieron y se bebieron las tazas de té, que ya estaban frías, en un acto puramente mecánico.

—Será mejor que te marches. Estoy agotada y necesito dormir.

—Mañana es domingo, creía que era tu día libre.

—Lo es.

—¿Entonces?

—Thomas —carraspeó—, no quiero ser brusca, pero quiero estar sola.

—No, Sally. Déjame quedarme contigo. Necesito sentirte cerca.

—Yo también lo necesitaba y me dejaste sola.

Thomas se llevó las manos a la cabeza.

—¡No puedo creer que volvamos a eso! Después de lo que acabamos de vivir... No puedes apartarme así de tu lado —suplicó.

—Ya te he dicho que esto no cambiaba nada —ella se mantuvo firme.

—¿Qué quieres decir?

—Que lo que acaba de pasar, hace apenas unos minutos, sobre el banco de la cocina no ha significado nada.

—No me lo creo —Thomas sentía angustia. No era posible que sus besos y sus caricias no hubieran servido para acercarla a él.

—No significa nada —repitió, como si así fuera a ser más cierto—. Te he dicho que iba a empezar mi vida de cero sin ti y eso es justo lo que pienso hacer.

—¿Con quién? ¿Con el médico?

Ella se quedó callada.

—No puedo creer que te niegues a intentar arreglarlo —dijo impotente—. Podrías venir conmigo a Londres y podríamos empezar de nuevo.

—Thomas, no lo entiendes. Soy feliz en la India, me gusta lo que hago y no tengo intención de marcharme.

—¡Está bien! —alzó los brazos al aire, dándolo todo por perdido—. ¡Que seas muy feliz con el doctor Ethan!

—Seguro que lo seré —respondió ella con lágrimas en los ojos.

—Vas a cometer el mayor error de tu vida —le increpó.

—No. Tú fuiste mi mayor error.

Thomas bajó la mirada. Por unos momentos había creído tocar el cielo y ahora lo enviaban de vuelta al infierno.

—Estaré aquí hasta el lunes a primera hora, cuando cogeré el tren a Bangalore. Si cambias de opinión, ya sabes dónde encontrarme.

Ella se giró y le dio la espalda.

No quería seguir mirándolo, era demasiado duro volver a perderlo, pero ahora tenía un firme propósito: iba a rehacer su vida y a olvidarlo de una vez y para siempre.

Capítulo 25

ALISHA

Sin saber muy bien como, Sally había logrado conciliar el sueño. Aunque se despertó cansada todavía, lo hizo con la esperanza de que las cosas iban a mejorar ahora que sabía lo que quería.

Se vistió y se fue hasta casa de Ethan. Tras esperar un buen rato, asumió que allí no había nadie, así que se dirigió al hospital. El médico solía librar también los domingos, pero quizás había algún caso que requería de su presencia.

Al llegar, preguntó por él y le dijeron que estaba en la unidad de cuidados neonatales. ¿Estaría con la pequeña que habían encontrado el otro día?

Lo esperó sentada en un banco y al verlo aparecer no pudo evitar esbozar una sonrisa.

Salía con la pequeña en brazos.

—¿Quieres cogerla?
—Claro.

Sally la sostuvo con ternura. Tenía mucho mejor aspecto.

—¿Ya está bien? —inquirió aliviada.
—Todavía pasará unos días más aquí, pero sí, está fuera de peligro.

Sally agachó la cabeza y le dio un beso tierno en la frente al tiempo que la estrechaba con fuerza entre sus brazos.

—No creo que haya nada más bonito que esto en el mundo —murmuró para sí—. ¿Ya tiene nombre?
—Alisha.
—¿Significa algo?
—«Protegida de Dios». Creo que después de haber sobrevivido a lo que le ha pasado está claro que hay alguien ahí arriba que se preocupa por ella.

Ethan se acercó a ella por detrás y le puso las manos sobre los hombros, mirando a la diminuta criatura. Había costado que saliera adelante, pues estaba muy desnutrida, pero, por fortuna, la habían encontrado a tiempo.

Sally se giró y levantó la cabeza hacia él, recostándose sobre su pecho.

—¿Qué pasará con ella ahora?
—La fundación se ocupará de buscarle una familia de adopción, no te preocupes. No la vamos a abandonar a su suerte.

Sally la estrechó contra ella. Ojalá pudiera quedársela.

—Sé lo que estás pensando. Pero debemos seguir el protocolo.
—Lo sé —aceptó a regañadientes.
—Anda, trae, he de devolverla a su cuna. Vuelvo enseguida.

Mientras aguardaba a que saliera de nuevo no pudo menos que decirse que Ethan sería un padre excelente: paciente, cariñoso y muy sensato. Empezar algo con él no era una idea tan descabellada.

—¿Quieres dar un paseo? —le preguntó cuando regresó a su lado.

—Sabes que siempre quiero pasar tiempo contigo.

—Bien.

Caminaron por el árido paisaje que ahora no lo era tanto, gracias a la ayuda de la fundación que había traído el agua y los pozos al segundo terreno más árido del país solo por detrás del desierto de Rajastán. Los campos y los árboles frutales poblaban ahora un área que, por fin, podía vivir de la agricultura.

—Ethan, yo...

—¿Sí? —inquirió expectante.

—He cambiado de opinión.

—¿Sobre qué?

—Quiero... quiero intentarlo, es decir, si tú quieres.

Ethan detuvo el paso, sorprendido por sus palabras. Ayer no se habían visto en todo el día. Había preferido alejarse de ella tras lo sucedido la noche anterior. Tras haberse atrevido a besarla al fin y ver como ella le correspondía, todo se había desmoronado con la aparición de aquel inglés de ojos azules y rabiosos.

Su ex.

Y, después de lo que Sally le había contado la noche anterior, le había quedado muy claro que seguía sintiendo algo por él, así pues, ¿qué había podido pasar en veinticuatro horas para darle un vuelco a la situación?

—¿No dices nada? —ella lo sacó de su ensoñación.

—Sabes que lo que más deseo en este mundo es estar contigo, pero...

—Pero, ¿qué?

—Hay algo que no me cuadra, Sally. Cuando me fui de tu casa la otra noche y me besaste en la mejilla al despedirte pensé que no tenía ninguna oportunidad.

—Lo he pensado mejor, Ethan. Quiero intentarlo —repitió.

—No.

—¿Cómo que no?

No podía creer que la estuviera rechazando.

—No, Sally. No puedo estar contigo sin saber si me quieres de verdad y, ahora mismo, sé qué ha pasado algo. Algo que hace que me digas eso, pero sigo sin saber si es lo que quieres de verdad.

—¡Claro que quiero! —Ethan no podía rechazarla. Lo necesitaba. Si no lo tenía a él se ahogaría en las arenas movedizas de su pasado con Thomas.

En un desesperado intento por convencerlo, le rodeó el cuello con los brazos, se puso de puntillas y buscó sus labios. Presionó sus labios contra los de él y esperó a que él respondiera.

Ethan la sujetó por la cintura y lo hizo al momento, dándole pequeños besos que recorrían toda su boca y la comisura de sus labios. Sally ladeó la cabeza y entreabrió los labios, pero cuando la lengua de él se abrió paso entre ellos y buscó la suya sintió que algo no estaba bien.

Se separó con brusquedad y trató de aguantar las náuseas que acababan de entrarle.

No podía mirarlo a los ojos. ¿Cómo había podido creer que podía borrar a Thomas de su vida? Estaba equivocada. Y lo que era todavía peor, para hacerlo, había pretendido utilizar a Ethan, que lo único que había hecho desde que la había conocido era ser un amigo y un apoyo para ella.

Se sentía fatal.

—Lo siento.

Sally se tapó los ojos con las manos, avergonzada.

—Shhhh, no te preocupes —Ethan la cogió por el cuello y la atrajo hacia él. Ella apoyó la cabeza sobre su pecho y lloró con amargura mientras él le acariciaba el pelo—. Estás confusa, la llegada de Thomas ha abierto heridas que creías curadas. Las cosas necesitan su tiempo. No estarás preparada para empezar otra relación hasta que lo vuestro haya terminado de verdad, y está claro que eso no ha sucedido todavía.

—Gracias, Ethan.

A lo lejos, un hombre rubio y de piel clara se había detenido a descansar y a beber un poco de agua. Trabajar bajo aquel sol abrasador era en verdad agotador. Cuando levantó la vista de la botella, sus ojos se toparon con una pareja que se estaba besando. Estaban demasiado lejos como para que los distinguiera con claridad, pero la bata blanca que él llevaba y la melena negra de ella eran pistas suficientes.

Ya está. Todo había terminado.

No podía creer que, después de lo que ambos habían vivido la noche anterior estuviera ahora besando al doctor Ethan. No podía creer que lo quisiera. ¡Maldita sea! Pensaba que todavía tenía alguna oportunidad.

Apretó con tanta fuerza la botella de agua que sostenía que la reventó, haciéndose un par de cortes en la mano. Observó las gotas de sangre. Eso no dolía nada en comparación a lo que acababa de ver.

Sally y él habían terminado para siempre.

Al día siguiente regresaría a Inglaterra y, esta vez, iba a olvidarla. Costara lo que costara.

Capítulo 26

¿PARA QUÉ ESTÁN LAS AMIGAS?

Sally regresó a casa sumida en un mar de lágrimas. Se sentía confusa. Hacía meses que no se sentía así. Desde el momento en el que sufrió el aborto y Thomas no estuvo a su lado, se había dejado llevar por la tristeza y el enfado. Había permitido que la consumieran por dentro y lo había apartado de ella y de su vida.

Tenerlo cerca habría resultado más doloroso.

Verlo le habría recordado a cada segundo el bebé que habían perdido, y el hecho de saber que él no quería más hijos y que no lo había querido hacía que pensar en seguir con él fuera insoportable.

Lo quería. Sí. Y no había podido olvidarlo, pero no podía volver con él. Ni siquiera después de lo vivido la noche anterior en su cocina. Sería un error. De hecho, haber hecho el amor con él había sido un tremendo error. Si antes su imagen la perseguía en sueños, ahora lo hacía a todas horas. No podía dejar de recordar sus besos y caricias, incluso a plena luz del día.

Además, todavía tenía ciertas reticencias respecto a su presencia en la fundación y su colaboración con la misma. Puede que Henry no le hubiera dicho nada a Thomas pero ¿y a Charlotte? Aunque su hermano ya no estaba enamorado de ella, seguía sintiendo debilidad por la joven escritora de pelo caoba. Y si Charlotte lo sabía, estaba convencida de que se lo habría dicho a Thomas. Ella y sus finales felices de novela romántica. Seguro que lo de ir a recuperarla a la India le había parecido una proeza heroica.

La echaba de menos. Indra y Paula eran estupendas, pero Charlotte era casi una hermana para ella. Alguien a quien podía confiarle cualquier cosa.

Otra lágrima asomó a sus ojos al pensar que también la había defraudado a ella. No había confiado en su amistad y se había marchado sin decirle una palabra. No solo eso, sino que había rechazado todas sus llamadas desde que había tenido el aborto.

No, tenía que dejar de hacerle daño a la gente.

Había ido a la India para colaborar y para ayudar a los que más lo necesitaban, pero iba siendo hora de que esa misma generosidad la utilizara con sus allegados. Le había fallado a Charlotte, le había hecho daño a Ethan y, respecto a Thomas, bueno, todo lo sucedido con él le partía el alma.

Sacó el teléfono móvil de un cajón. Apenas lo utilizaba más que para hablar con Henry o sus padres de vez en cuando.

Tenía que llamar a su amiga.

Buscó el nombre en la agenda y presionó el botón de llamada sin pensar en la diferencia horaria.

Un par de tonos más tarde escuchó una voz al otro lado:

—¿Diga?
—¿Charlotte?
—¿Sally? Dios, no puedo creer que seas tú, ¿estás bien? —chilló emocionada su amiga.
—Sí. ¿Te pillo en mal momento? No sé ni qué hora es allí en Estados Unidos.
—Tranquila, es la hora de comer.
—Si quieres puedo llamarte en otro momento.
—¿Te has vuelto loca? Hace meses que no sé nada de ti y ¿ahora que por fin te dignas a reaparecer crees que vas a colgarme el teléfono? Ni hablar —soltó aquello de carrerilla para no darle tiempo a poner ninguna excusa—. ¿Cómo estás? —susurró.
—Bien —mintió.
—No lo parece, pero no te preocupes, no voy a empezar a acosarte a preguntas. Me has llamado tú, así que cuéntame.
—Estoy en la India, en concreto en Anantapur. Hace meses que vine. Después del aborto estaba hundida y no lograba volver a ser yo misma, así que cuando oí hablar de esta fundación y de la labor que hacían supe que tenía que venir.
Charlotte no respondió, así que ella siguió su perorata.
—Ha sido increíble. He vuelto a ser yo misma. Esta gente vive con tan poco... y sacan siempre una sonrisa. Yo no podía seguir ahogándome en dos palmos de agua cuando ellos están hasta el cuello y salen a flote.
—Cielo, lo que te pasó fue muy triste, pero por desgracia sucede más a menudo de lo que nos pensamos.
—Lo sé, lo sé...
—Por cierto —comentó Charlotte como quien no quiere la cosa—, ¿me has dicho que estás en la India?

—En Anantapur, en una fundación que...

El grito de su amiga la interrumpió. Al otro lado del mundo, se llevó las manos a la boca en gesto de sorpresa. Empezaba a comprender el motivo por el que su amiga se había dignado al fin a dar señales de vida.

—Dios —susurró—, no me digas que...

—Sí, Thomas llegó hace un par de días. ¿Cómo demonios ha sabido que yo estaba aquí?

—¡No lo sabía!

—¿No? ¿Estás segura?

No quería quedarse con la duda de si había ido a buscarla.

—No. Hace unos meses empezó a colaborar con una ONG. Cuando vino a visitarnos a Cape Cod hace un par de semanas nos comentó que iba a hacer un viaje para ver en qué se materializaban sus donaciones.

—Pero ¿cómo es posible?

Charlotte sacudió la cabeza, aunque sabía que Sally no podía verla.

—Por eso has llamado, ¿verdad?

—No podía acudir a nadie más —replicó sintiéndose culpable—. Desde que apareció por aquí, todo ha sido un completo desastre. Creía que había conseguido olvidarlo.

—No tienes que olvidarlo. Él te quiere, Sally. Está hundido. Lleva meses vagando como un alma en pena —explicó.

—Lo siento, pero no puedo perdonarlo.

—¿Qué ha hecho que sea tan grave como para que no puedas perdonarle?

—No quería a nuestro bebé, Charlotte, me lo dejó muy claro.

—¡Eso no es cierto!

—¡Claro que lo es! —vociferó enfadada—. Si hasta me dejó tirada en medio de la ecografía con la excusa de hacer una llamada urgente —se lamentó.

Charlotte habló con tono pausado:

—Admito que Thomas no quería más hijos al principio y yo misma no tenía clara cuál sería su reacción cuando le dijeras que estabas embarazada, pero, aquel día, durante la ecografía, se emocionó tanto al escuchar el latido del corazón que salió corriendo a llamar a William.

Sally se quedó petrificada.

—Sé que dejarte sola en la consulta no fue lo más acertado, pero te juro que estaba feliz. Feliz como Will no recuerda haberle visto.

—¿Por qué no me lo dijo?

—Es posible que no le dejaras hacerlo. Vuestras circunstancias no fueron las más propicias con lo del accidente de Mary Ann.

—¿Entonces él quería al bebé?

—A pesar de todos sus miedos, sí, lo quería. Y quiero que sepas que fue a Boston a buscarte, pero ya no estabas y Henry se negó a decirle dónde estabas.

—Henry solo hizo lo que yo le pedí —lo disculpó.

—Lo entiendo. Aunque te confesaré que, cuando se negó a decírmelo también a mí, me llevé un buen disgusto. ¿Es que no confías en mí? Creía que era tu mejor amiga.

—Y lo eres —se limpió con el dedo una lágrima que le caía por la mejilla.

—Debiste habérmelo dicho.

—No quería que Thomas lo supiera y pensé que tal vez tú...

—No te hubiera delatado, Sally.

—Lo siento. Lo siento de veras.
—Y ahora, ¿qué vas a hacer?
—No lo sé, Thomas se marcha mañana y yo... yo tengo mucho en qué pensar.
—Bueno, he de dejarte —la pequeña Emma había aparecido y estaba enganchada a las faldas de su madre reclamando atención—. Llámame pronto y cuéntame que tal, ¿de acuerdo?
—Lo haré, lo prometo.
Charlotte colgó el teléfono y cogió a su hija en brazos.
—¡Will! —gritó—. No te lo vas a creer.

Sally guardó el móvil de nuevo y se sentó sobre el sofá, tratando de asimilar toda la información que acababa de recibir. En apenas cuatro días todo se había vuelto del revés.

Había besado a Ethan en un intento desesperado por borrar de un plumazo su historia con Thomas y había llegado incluso a decirle que quería empezar algo con él, ¿es que se había vuelto loca?

Thomas había aparecido en la fundación, no porque hubiese ido a buscarla a ella, sino porque el destino parecía empeñado en ponérselo en su camino. Y él se había mostrado dispuesto a reconquistarla, le había dicho que no quería volver a dejarla marchar y ella había perdido el control y había sucumbido en sus brazos para luego decirle que no podían estar juntos.

Y, ahora, Charlotte le decía que ella no era la única que había estado sufriendo por la separación y la pérdida. Le costaba digerir el hecho de que él también se había emocionado con el embarazo. Llevaba meses culpándolo por lo de la consulta y autoconvenciéndose de que él la había dejado sola porque no quería al bebé.

¿Todos los motivos que se había dado para romper con él no eran más que mentiras? Se sentía confusa.

Se quedó hecha un ovillo sobre el sofá y no pudo evitar derramar lágrimas. Es posible que, si no lo hubiera alejado de ella, ahora todo fuera diferente. Pero no, en un arrebato lo había apartado de su vida.

Recordaba a la perfección los dos días siguientes al aborto. Pese a que Henry había estado a su lado, no era a él a quien ella necesitaba. Estaba desolada y se sentía vacía por dentro. El hecho de que Thomas no estuviera a su lado no hacía más que incrementar esa sensación y el tremendo desajuste hormonal no ayudaba nada.

Por eso, cuando apareció en la puerta de su casa, le pareció que llegaba tarde. Muy tarde. No quiso escucharlo y ni se preocupó por saber qué pensaba él. Pero, al fin y al cabo, el bebé también era suyo y ahora comprendía que Thomas también se había entristecido con la noticia.

¿Qué iba a hacer ahora?

Después de la otra noche, después de haber dejado que por un momento fueran uno otra vez, había vuelto a echarlo todo por tierra diciéndole que eso no había significado nada, que todo había sido un error y quería que se marchara.

¿Tenía todavía alguna posibilidad? ¿Había alguna esperanza de que Thomas la perdonase?

Capítulo 27

LA DESPEDIDA

Thomas metió la última camisa dentro de la maleta y la cerró. Eso era todo. Aquel viaje había llegado a su fin. Igual que su relación con Sally. Había llegado el momento de asumirlo de verdad, por mucho que doliera.

Ella estaba decidida a empezar algo con aquel médico y a no darle una oportunidad a lo suyo. Estaba tan equivocada. Iba a darle la espalda al amor de verdad para quedarse con la opción cómoda y sencilla.

Estar con Ethan era lo fácil.

Lo difícil era perdonarlo a él y volver a empezar de cero.

Nunca hubiese creído que Sally era una cobarde, pero se había equivocado. No estaba dispuesta a luchar por su amor.

Sonrió con tristeza. Cuando decidió hacer ese viaje a la región de Anantapur, nunca habría pensado que la encontraría. Tantos meses sin saber de ella, llamándola sin obtener respuesta, enviándole mensajes... Y cuando por fin decidía que tenía que hacer algo por él mismo y se involucraba en aquel proyecto, la vida le regalaba la posibilidad de volver a verla.

El azar había sido demasiado caprichoso con ellos. ¿Encontrarse en la India? ¿Quién lo hubiera dicho? Y, sin embargo, aquello había supuesto para él tal amalgama de emociones que no sabía si se iba peor de cómo había llegado.

Por un lado, la labor que la fundación desarrollaba allí le había calado hondo. Tanto que no solo quería seguir colaborando en el proyecto en el que estaba, sino que quería hacerlo con otros. Al menos Mary Ann se sentiría orgullosa de su padre y, quizás, podría incluso adoptar una niña india. Ya había visto lo que sucedía con los bebés del sexo femenino y estaba conmocionado.

No sería lo mismo que criar a un hijo con Sally, pero él era un buen padre soltero. Lo había hecho con Mary Ann y podría volver a hacerlo. Sabía que era complicado para un hombre sin pareja acceder a una adopción, pero lo intentaría. Si una de aquellas pequeñas desfavorecidas podía acceder a una vida mejor, ya era mucho.

Por otra parte, reencontrarse con Sally había sido muy duro. Verla en brazos de aquel hombre, ¡dos veces!, era una imagen que no quería volver a ver nunca. Y, sin embargo, su mente la reproducía a todas horas, como si fuera lo único que tuviese en su memoria.

Había sido terrible verla así, pero encontrarla lo había compensado con creces. Y había sido tan iluso de creer que podría recuperarla. ¡Qué idiota!

¿Para qué iba a querer estar con alguien que, según ella, la había abandonado, cuando tenía delante a un médico guapo y, al parecer, muy amable y bondadoso que bebía los vientos por ella?

Dio una patada contra el suelo, cabreado consigo mismo por no haber sido capaz de hacerle ver todo lo que sentía por ella.

Ni siquiera cuando habían hecho el amor.

Ni siquiera eso había cambiado las cosas.

Le había dicho que no significaba nada. ¡Nada, joder! ¡Maldita sea! ¿Cómo podía no significar nada?

Para él lo había significado todo.

Cogió la maleta con brusquedad y salió de la casa. Tenía que coger el tren hasta Bangalore y una vez que se subiera todo quedaría atrás. Luego iría hasta el aeropuerto y se montaría en un avión. Cuando llegase a Londres, su vida volvería a ser la que era.

Sabía que eso era engañarse.

Su vida nunca volvería a ser como antes de conocerla y, mucho menos, como antes del viaje a la India, pero le gustaba decírselo a sí mismo. Como si por repetirlo las mentiras se convirtieran en verdades.

La única verdad era que la había perdido para siempre.

Ya en la estación, se pasó la mano por la frente, que estaba sudorosa. Si algo no echaría en falta de aquel lugar, sería el clima. Estaba deseando sumergirse en la niebla de Londres y perderse en ella.

Todavía le picaba la espalda de la quemadura. El ungüento que Sally le había aplicado lo había aliviado, pero aquel maldito sol abrasador le había dejado su marca. Puede que fuera un castigo. Puede que toda esa experiencia en la India hubiera sido una especie de purgatorio para él.

Faltaban apenas cinco minutos para que llegase el tren cuando la vio aparecer.

Seguía pareciéndole igual de hermosa que el día que la había visto por primera vez, y eso que estaba cambiada. Con esa melena que llevaba ahora y esa piel bronceada que hacía que sus ojos resaltaran más todavía.

¿Qué hacía ella ahí?

—¡Thomas! —gritó con la respiración entrecortada, pues venía corriendo—. ¡Tenía miedo de no llegar!

—¿Qué quieres, Sally? —respondió con sequedad.

¿Para qué había venido, joder? Estaba con Ethan. Volver a verla, a tenerla tan cerca, solo iba a hacerle más daño. Hubiese preferido que no hubiera ido a despedirle.

—Thomas, yo... —no sabía por dónde empezar. Tenía tanto que decirle—. Ayer llamé a Charlotte.

¿Así que era eso?

—Me alegro de que lo hicieras. Ha estado muy preocupada por ti y no se merecía el trato que le has dado. Entiendo tu comportamiento conmigo, pero el que has tenido con ella no tiene disculpa.

Agachó la cabeza, avergonzada por las palabras de Thomas.

—Lo que quiero decirte es que...

—No hay nada más que decir, Sally. Creo que tú y yo hemos agotado las palabras.

—Pero...

—Olvídalo.

—No, Thomas.

Ella se acercó a él, que la detuvo con la mano. Si la tenía cerca, sería todavía más difícil.

—Sally, lo digo en serio. Creo que ya lo hemos hablado todo. Entre nosotros ya no hay nada. Tú me lo dejaste muy claro la otra noche.

—No.

Ella contuvo las lágrimas. Ahora que por fin se había dado cuenta de lo equivocada que estaba. Ahora iba a ser él el que no la dejase explicarse.

—Sí. Ya no tenemos nada que decirnos. Lo nuestro ha terminado —Thomas escupió las palabras por la boca y la miró casi con odio.

Ella era la que lo había terminado todo. Ella había elegido. Y no lo había elegido a él.

No necesitaba saber nada más.

El sonido del tren, que se aproximaba a la estación, los interrumpió, y Thomas dio un paso atrás. Tenía que estar lejos de ella. Tenerla cerca lo complicaba todo. Hacía que se le nublara la mente y quisiera besarla.

«Ahora va a ser otro el que la va a besar», se dijo con tristeza.

El tren se detuvo junto a la estación y Thomas sacó su billete del bolsillo. Con la otra mano cogió la maleta y empezó a caminar, buscando el coche al que debía subir.

Ella caminó a su lado, tratando de captar su atención.

—Thomas, tienes que escucharme —suplicó.

Él la miró casi con desdén, pero no replicó. ¿Por qué tenía que hacérselo tan difícil? ¿Es que no le parecía suficiente lo que le había hecho? Lo había besado, habían hecho el amor, habían vuelto a ser uno y ¿todo para qué? Para que lo sustituyera por otro.

No necesitaba saber nada más.

—Ya nos hemos hecho bastante daño, Sally, olvídalo.

—Thomas, por favor —imploró, agarrándolo del brazo.

Él se giró y no pudo evitar sentir un irrefrenable deseo de estrecharla entre sus brazos y consolarla. Estaba a punto de hacerlo cuando se detuvo. Él había hecho todo cuanto había estado al alcance de su mano y ella lo había rechazado.

No solo eso, sino que estaba con otro. Lo tenía claro después de verla por segunda vez con el doctor Ethan. Resultaba todavía más doloroso porque había admitido que seguía queriéndolo.

Tenía que hacerse a la idea.

Estaba agotado, quería marcharse ya. Apartó el brazo y se dirigió al vagón.

Ella se detuvo donde estaba y lo observó subir en silencio. Lo había estropeado todo y ya no podía hacer nada. Se había equivocado en tantas cosas.

—¡Thomas! —chilló, desesperada, en un último intento por captar su atención.

Él no se dio la vuelta. Entró al interior del tren y lo perdió de vista.

Sally se desplomó sobre el suelo y contempló, impotente, como el tren se ponía en marcha y se alejaba poco a poco de la estación. Cuando casi empezaba a perderlo de vista, vislumbró a Thomas asomándose a la ventana.

Creyó escucharle decir algo sobre Ethan, pero su voz se perdió entre el ruido ensordecedor y se convenció de que habían sido imaginaciones suyas.

Thomas cerró la ventanilla. ¿Lo habría oído Sally? Había sido demasiado brusco con ella, demasiado intransigente y no le había permitido explicarse, pero estaba dolido. Tanto que, en un arrebato, no se le había ocurrido mejor cosa que asomarse y gritar con que le deseaba que fuera muy feliz con Ethan.

¡Valiente mentira!

No es que quisiera que fuera infeliz, pero hubiera preferido que el final de aquella historia fuera otro. Por desgracia, así terminaba su aventura en Anantapur.

La había encontrado en la India y la había vuelto a perder.

Capítulo 28

UN NUEVO DESCUBRIMIENTO

Dos meses más tarde

Todo en la India seguía igual: tras un par de días encerrada en su casa y sin atender la escuela, Indra y Paula habían conseguido sacar a Sally y hacerla entrar en razón. No podía volver a hundirse. No ahora, con todo lo que le había costado volverse a levantar. Tenía que luchar, no solo por ella, sino también por los niños a los que enseñaba. No podía dejarlos tirados. Había adquirido un compromiso y tenía que cumplirlo.

Volver a dar clase le devolvió la vida. Era algo que siempre la había llenado, pero ahora lo valoraba todavía más. Se esforzaba por sonreír, porque, si aquellos chiquillos podían, ella también.

Había dejado de comer con Ethan en la cantina porque, aunque lo apreciaba, no quería hacerle daño y, después de los últimos acontecimientos, lo mejor era que no se viesen tanto. Indra y Paula, que ahora eran un pilar muy importante en su vida, habían ocupado su lugar.

Uno de esos días en los que estaban almorzando juntas, Sally sintió una ligera náusea, pero lo achacó al picante en la comida y siguió como si tal cosa.

Al siguiente bocado, tuvo otra arcada y hubo de taparse la boca con las manos para contenerse.

—¿Te encuentras bien? —preguntó Indra.

—Lo cierto es que no. Tengo un poco de angustia.

Paula observó los platos:

—No parece que haya nada en mal estado.

Indra le puso la mano en la frente:

—¿Estás enferma? A ver si has cogido algo...

—No, no —replicó Sally, quitándole importancia—. Me encuentro bien. Ya se me ha pasado.

Cogió otra cucharada del plato y se la llevó a la boca. Esta vez no se pudo contener y tuvo que salir corriendo para llegar a tiempo a vomitar al baño. Llegó con el tiempo justo de levantar la tapa del váter y devolver todo lo que había comido. Se incorporó y se lavó la cara y las manos antes de regresar con sus compañeras.

—Estás pálida —comentó Indra.

—Muy pálida. ¿Has vomitado? —continuó Paula.

—Sí.

—Te vas a venir conmigo al hospital. No recuerdo haberte visto enferma desde que llegaste, más vale que te examinen por precaución.

—No os preocupéis tanto. Solo he vomitado, no es para tanto.

—¿Sueles vomitar? —preguntó Paula en plan profesional.

—Lo cierto es que no. De hecho la última vez que vomité fue...

No terminó la frase.

¡Dios mío! La última vez que había vomitado así había

sido al quedarse embarazada. ¡No! ¡No podía ser! Lo habían hecho una única vez.

«Una única vez sin protección, Sally», se recordó a sí misma. «Otra vez no. ¿Cómo pude volver a ser tan imprudente?».

—Me parece que quizás sí vaya a acompañarte al hospital.

Sus amigas la miraron extrañadas, ¿qué ocurría?

—A menos que alguna de vosotras me diga que tiene un test de embarazo en la mesita de noche, me temo que lo mejor será que me vea un médico.

—¡He dicho que no!

Sally discutía con sus dos amigas en la puerta del hospital de Bathalapalli.

—Tiene que verte él —insistieron.

—¡Me niego! Tiene que haber alguien más.

—¡Él es el ginecólogo! ¿Quién mejor?

—No voy a dejar que me examine, ¡es el colmo! ¡Solo me faltaba eso!

Indra la enganchó de un brazo, Paula del otro y empezaron a arrastrarla hacia el interior del hospital.

—¡No! ¡Quietas! ¿Es que no os dais cuenta del daño que esto va a causarle a Ethan?

—¿Qué es lo que va a hacerme daño?

La voz de Ethan se oyó, proveniente de la entrada al hospital.

Sally enrojeció. La situación era de lo más embarazosa y nunca mejor dicho.

Paula se acercó al médico y le habló al oído, así que ni Indra ni ella pudieron oír la explicación.

Él se quedó parado al principio, pero enseguida asintió con la cabeza. Se acercó a ella y la cogió del brazo.

—Déjate de bobadas, Sally.

—No —replicó ella, soltándose.

—No seas cría y ven conmigo.

—¡No! ¿No puede verme otra persona?

—Te voy a examinar yo. Soy un profesional y, además —enfatizó—, sigo siendo tu amigo y quiero asegurarme de que estás bien.

A regañadientes, lo siguió hasta el interior del hospital.

Entraron en una rudimentaria sala que tenía, aunque no muy modernos, un ecógrafo y un sillón para los reconocimientos.

Ethan se sentó frente al aparato y empezó a prepararlo todo.

Sally se quedó quieta en la puerta.

—¿No vas a preguntarme nada?

Él suspiró:

—¿Qué quieres que te pregunte? Sé hacer cuentas y recuerdo a la perfección el día en el que llegó Thomas —hizo una pausa—. Lo sé, porque fue el día que te besé por primera vez.

—Lo siento, Ethan.

—No lo sientas. Son cosas que pasan.

—Ya... pero no te lo merecías.

—Estabas hecha un lío y lo entiendo.

—Aun así... —insistió.

—Déjalo, Sally, no me debes ninguna explicación. Y, si quieres dármela, luego podemos charlar un rato si así te vas a sentir mejor. Ahora será mejor que te examine.

Ella no se movió.

—¡No me vengas con pudores ahora! Soy médico y estoy especializado en ginecología. No serás la primera ni la última mujer embarazada que atienda.

Sally siguió inmóvil. No se sentía nada cómoda en aquella situación, pero, si realmente estaba embarazada, con lo que le había sucedido la vez anterior, él tenía razón.

De mala gana, se desvistió de cintura para abajo, se tapó con una sábana blanca y se subió al sillón, nerviosa.

—A lo mejor solo es algo que me ha sentado mal —murmuró para sí misma.

—Me parece que si tus amigas te han traído hasta aquí es porque sabes que tienes opciones reales de haberte quedado encinta.

Sally enmudeció, tenía más razón que un santo.

Ethan se concentró en la tarea y ella miró al techo. Tenía sentimientos encontrados. Por un lado, aquello era algo que había deseado desde que había sufrido el aborto, pero, por otro, estar embarazada de Thomas lo complicaba todo.

¿Cómo se lo iba a contar? Si cuando había ido a la estación a pedirle perdón y a decirle que seguía queriéndole había sido imposible que la escuchase, ahora todavía resultaría mucho, mucho más difícil.

Él estaba en Londres, ella en la India y dudaba mucho que le fuera a descolgar el teléfono. Lo mejor sería no adelantar acontecimientos hasta que no estuviera segura.

«Puede que no sea más que una falsa alarma», se dijo tratando de convencerse.

—¿Ethan?

¿Por qué demonios no decía nada? La incertidumbre iba a matarla.

—¿Qué sucede?

Se giró hacia ella y abrió la boca, pero no fue capaz de articular palabra.

—¿Pasa algo malo?

Él negó con la cabeza.

—Estás... estás embarazada, pero... —no terminó la frase.

—¿Hay algún problema? —preguntó asustada. Sus sospechas se habían confirmado y, aunque feliz, la invadió la incertidumbre.

—Es un embarazo gemelar —soltó el médico.

—¿Gemelos?

—Eso me temo.

—Y, ¿todo está bien?

Asintió con la cabeza.

—Este cacharro es bastante antiguo y no puedo hacer que escuches el latido, aunque puedes verlo. ¿Ves como parpadea la imagen? Estás de unas ocho semanas.

—¡Dios!

—Vístete y acércate a la mesa, quiero hacerte algunas recomendaciones.

—¿Personales o profesionales?

—Ambas.

Sally se vistió de manera mecánica. Dos. No iba a tener un bebé de Thomas, ¡iba a tener dos! No sabía muy bien cómo gestionar las emociones que la invadían. Sintió que se mareaba y Ethan tuvo que sujetarla y ayudarla a sentarse.

—Imagino que la noticia es difícil de asimilar.

Tragó saliva:

—Mucho.

—¿Te alegras?

—Sí. Siempre he querido ser madre y, desde que aborté, esas ansias se han multiplicado. Pero tengo miedo. Mucho miedo.

Ethan la cogió de las manos.

—No lo tengas. No hay motivo para que vaya mal. Mucha gente sufre abortos y luego pasa por embarazos perfectamente normales.

—Lo sé, aun así... no puedo evitarlo.

—¿Vas a decírselo? —el rostro de Ethan se ensombreció al nombrarlo.

—Supongo que sí. Tiene derecho a saberlo —replicó—, aunque temo su reacción.

—¿Quieres volver con él?

—Ya sabes la respuesta a eso.

Le resultaba muy duro mantener esa conversación con él, pero también se lo debía. Se había equivocado y tenía que ser consecuente con sus actos.

—Bueno, en cuanto al embarazo —replicó cambiando de tema—, como te decía, no tiene por qué ir mal, pero los embarazos múltiples suelen considerarse de riesgo y, con tus antecedentes, creo que lo mejor que podrías hacer es volver a casa.

—¿A casa?

Ni por un momento se había planteado marcharse de la India.

—Sí. Yo te recomendaría que hicieras un reposo relativo. No hace falta que estés todo el día en cama, pero lo ideal sería que llevaras una vida tranquila y que no hicieras esfuerzos.

—¿Y el viaje? ¿Eso no será perjudicial?

—Creo que vale la pena que lo hagas. No solo por el reposo, también por los medios que tendrás allí para atender cualquier tipo de complicación. De todas formas, yo lo veo todo bien.

—¿Marcharme? —fue un susurro más para sí misma que para él.

Él se puso en pie, se colocó detrás de ella y le puso las manos sobre los hombros.

—Me dijiste que viniste a la India para volver a ser tú misma y creo que lo has conseguido. Ahora sabes lo que quieres y tienes algo por lo que luchar. Has hecho mucho bien aquí, es hora de que pienses en ti.

Sally se puso en pie y se abrazó al médico.

—Gracias por todo, Ethan. Estos meses no hubieran sido iguales para mí sin ti.

—Gracias a ti —le acarició el pelo y le dio un tierno beso en la frente—, ahora yo también sé lo que busco en la vida.

—Lo encontrarás y, cuando lo hagas, te deseo que seas muy feliz.

Permanecieron abrazados unos minutos. Su amistad no había podido convertirse en nada más, pero la presencia del uno había sido beneficiosa para el otro y siempre se recordarían.

Capítulo 29

ADIÓS A LA INDIA

Tres días más tarde, Indra, Paula, el propio Ethan, algunos voluntarios más y sus alumnos fueron a despedirla a la estación de tren de Bangalore.

Terminaba una etapa en su vida. Decía adiós a la India.

Una etapa que había empezado rota y que ahora, pese a no tener el final feliz con Thomas que ella hubiera deseado, podía convertirse en algo maravilloso.

¡Por fin iba a ser madre!

Charlotte recibió a su amiga en el aeropuerto de Boston y la abrazó con cariño. ¡Cuánto la había echado de menos!

—Gracias por acogerme, Charlie —dijo utilizando el apelativo cariñoso que hacía tanto que no empleaba—. No me atrevía a plantarme en casa de Thomas así como así y, además, Ethan me ha recomendado reposo relativo para todo el embarazo.

—No te preocupes. Me alegro de que por fin hayas vuelto a contar conmigo.

—¿Will no se molestará?

—Will sabe lo mucho que te he extrañado y lo feliz que me va a hacer tenerte cerca todos estos meses, y más en un momento tan especial. Además —le guiñó un ojo—, ahora que ya escribe finales felices está convencido de que vuestra historia también lo tendrá.

—Lo dudo mucho.

—Bueno, en cualquier caso, Thomas debe saberlo y tendrá que hacerse cargo de la paternidad.

—Sí, eso lo sé, aunque —se tocó el vientre con la mano— hasta que no llegue por lo menos a las doce semanas no dejaré de estar preocupada. Cada vez que voy al baño tengo miedo de haber sangrado...

Charlotte le arrebató la maleta de las manos.

—Trae aquí. A partir de ahora te vas a dedicar a la vida contemplativa. Dormir, leer, ver la televisión y poco más. Bastante has tenido con este viaje en avión.

Llegaron al coche y Sally se sentó en el asiento del copiloto. Cerró los ojos. Todavía faltaba un largo trayecto hasta llegar a Cape Cod y tenía tanto sueño...

El jet lag era horrible, pero estando embarazada era ¡un suplicio!

William las esperaba en el porche de la preciosa casita de la playa. El entorno estaba exactamente igual que aquel fin de semana de julio en el que ella y Thomas se habían declarado el uno al otro y habían hecho el amor en la playa.

La pasarela de madera, las dunas, la salada brisa del mar...

Por un segundo se teletransportó a aquel momento, el momento que lo había cambiado todo en su vida.

—Hola, cuñada —William la sacó de su ensoñación y la sobresaltó al llamarla así.

—Será mejor que me llames por mi nombre, sabes muy bien que no lo soy.

—Bueno, puede que algún día termines siéndolo.

—No lo creo. Si todo va bien, Thomas será el padre de mis futuros hijos, pero nada más. Estoy segura de que incluso ya ha rehecho su vida —dijo, poniéndose en lo peor.

Charlotte intercedió en la conversación, los nervios no eran buenos para el estado de su amiga.

—Will, ya vale. Deja que las cosas sigan su curso. Y tú, ven conmigo, voy a acomodarte en tu habitación y ahí quiero que te quedes hasta que vayamos a cenar, ¿de acuerdo? Necesitas descansar.

—Está bien, pero dile a Emma que venga un ratito a estar conmigo, puedo leerle un cuento o hacer algo tranquilo.

—Vale.

A la hora de la cena, Charlotte asomó la cabeza por la puerta y sonrió al ver a su amiga dormida como un tronco sobre el edredón. Ni siquiera había deshecho la cama. Se acercó a ella y le acarició el pelo. ¡La veía tan cambiada! Como si hubieran pasado siglos, cuando había sido poco menos de un año.

—Sally.

—¿Mmm?

—Despierta, es hora de cenar. Será mejor que vayas adaptándote al horario de la Costa Este.

Se desperezó a modo de respuesta.

—Sally, ahora que no está William delante —hizo una pausa—, ¿se lo has contado a Henry?

—Sí, y no le ha sentado demasiado bien. Mis padres no saben nada, pero es que no quiero decírselo hasta que no pase el primer trimestre y vea que todo va bien. De todos modos, Henry no hubiera podido ocuparse de mí, ¡no conozco a nadie que trabaje tanto como él! Y, en cambio, Will y tú trabajáis en casa...

—Siento que le haya molestado.

—No te preocupes. Dice que después de todo lo que le hecho sufrir no entiende que ahora no me quede en su casa. Pero sé que eso es una excusa. Está enfadado porque volví a estar con Thomas. Él no lo ha perdonado y lo que le duele es que Thomas sea el padre.

—Con el tiempo se le pasará.

—Eso espero.

—Cuando vea las caritas de las adorables criaturas que va a tener como sobrinos se le pasará.

—¿Te importa si no bajo a cenar? —preguntó, cambiando de tema—. Sigo estando agotada y necesito descansar. Ha sido un viaje muy largo.

—Claro que no. Te subiré un sándwich y un poco de sopa. Tienes que alimentarte bien. ¡Las náuseas no son excusa!

Salió de la habitación y bajó las escaleras para buscarle algo de comer a su amiga.

Sally sonrió. Le hacía mucha ilusión ser madre, pero estaba muy asustada y temía que en cualquier momento el sueño pudiera desmoronarse.

Por no hablar del pánico que sentía al pensar en cómo darle la noticia al futuro papá.

Capítulo 30

UNA VISITA INESPERADA

Sally estaba en la sala de espera del hospital, aguardando a que la llamasen para hacerse la ecografía de las doce semanas. Ya se había hecho la analítica correspondiente y ahora estaba ansiosa. Los minutos le parecían horas y necesitaba saber que todo estaba bien.

Charlotte y Will la habían llevado a Boston para que fuera su ginecóloga habitual, la doctora Rivers, quien la examinara. Luego, si todo salía del modo esperado, aprovecharían para comer con Henry.

Llevaba ya más de media hora allí y, al parecer, la cosa iba con bastante retraso. Cogió un par de revistas y empezó a ojearlas, pero no lograba concentrarse en la lectura. Dio un vistazo al resto de gente que había en la sala: la mayoría eran parejas, también había alguna mujer acompañada por su madre, y luego estaba ella.

Se sentía como una madre soltera.

Se había planteado no decirle nada a Thomas acerca de su paternidad, pero Will no lo hubiera permitido: al fin y al cabo, era su hermano. Sabía que antes o después tendría que contárselo, pero había retrasado el momento con la excusa de esperar hasta la ecografía del primer trimestre.

Le hubiera gustado tenerlo a su lado, pero hacía tiempo que había asumido que lo suyo había terminado y que tenía que aprender a afrontar las cosas ella sola.

Thomas había tratado de reconquistarla y ella lo había echado de su vida. Con todo, no comprendía el cambio tan radical en él. Una noche le había dicho que no iba a renunciar a ella y a los dos días se había negado a escuchar sus explicaciones.

¡Ojalá hubiera sabido antes que aquel día en la consulta había salido para llamar a William! De saber que él también estaba ilusionado con el embarazo no lo habría apartado con tanta facilidad de su vida.

¿Qué importaba ahora? Se lo había dejado bien claro. Lo suyo estaba acabado. Eso lo complicaba todo más. ¿Dos niños y uno de ellos viviendo en Londres y el otro en Boston? ¿Cómo iban a criarlos así? Dios, si parecían el remake de *Tú a Boston y yo a California*. Podían repartírselos.

«Uno para cada uno», se dijo con ironía al recordar la película.

No, no tenía nada claro cómo iban a ejercer de padres si, además de no estar juntos, vivían en continentes diferentes, separados por un océano y una incómoda diferencia horaria.

Trató de pensar en otra cosa, al fin y al cabo, todavía no le habían hecho la ecografía y no quería seguir haciéndose ilusiones hasta saber que todo iba bien.

Pasó un par de páginas en la revista y empezó a leer un artículo que hablaba sobre la lactancia materna y consiguió, por fin, dejar de darle vueltas a la cabeza y enfrascarse en la lectura. Estaba tan absorta que no se percató de que un hombre entraba en la consulta, se acercaba a preguntar algo a recepción y luego se sentaba junto a ella.

De pronto, notó que alguien la estaba mirando por encima del hombro.

—¿Piensas darles el pecho a los dos?

Sally pegó un brinco al reconocer la voz y la revista se le cayó al suelo.

—Shhhhh, tranquila. No pretendía asustarte.

Thomas, que se encontraba a su lado, se agachó a recogerla y la dejó sobre la mesa. Estaba claro que ya no iba a seguir leyendo.

—¿Qué haces tú aquí? —preguntó, acusadora. Le temblaba todo el cuerpo. No solo por el susto que acababa de darle, sino porque, si él estaba allí, era porque ya lo sabía todo.

—Me temo que tu amiga Charlotte no es la única a la que le gustan los finales felices.

Will.

—Sí, ha sido mi hermano. Me dijo que ya estuve una vez a punto de perderme esta ecografía, ¿recuerdas? No hubiera sido correcto fallarte de nuevo, y estoy de acuerdo con él —razonó.

—Pero... —a Sally le temblaba la voz y no le salían las palabras.

—Relájate ahora. Todo va a ir bien. Hablaremos cuando salgamos de la consulta, ¿de acuerdo?

Ella accedió. ¡Dios, qué larga iba a hacérsele la espera teniéndolo a su lado hasta que fuera su turno! No pudo evitar sentir un cosquilleo cuando él la cogió de la mano para tranquilizarla.

¡Qué irónico que hubiera tenido el efecto contrario!

—Sally Hope —la enfermera la llamó, anunciando que era su turno.

Thomas se puso en pie y estiró de su mano para que reaccionara y se levantase.

—Vamos.

Ella lo siguió y se dirigieron a la consulta. Thomas abrió la puerta y se hizo a un lado para que ella entrase primero. Una enfermera los esperaba dentro.

—Súbase a la camilla y levántese la camisa. La doctora vendrá enseguida. El papá —continuó, dirigiéndose a Thomas— puede sentarse en esa silla.

Apenas les dio tiempo a intercambiar ninguna palabra, porque la ginecóloga entró a los pocos segundos y empezó con la ecografía. Estaban los dos tan nerviosos que no se atrevían a hablar.

La doctora fue explicándoles todo, mostrándoles las partes del cuerpo que ya podían distinguirse, y fue tomando las medidas del pliegue nucal. Esas medidas se cotejaban con los resultados de la analítica especial para descartar posibles anomalías cromosómicas.

—Todavía es pronto para asegurarlo al cien por cien —comentó la doctora Rivers—, pero me parece que estas criaturitas son dos varones.

¡Dos chicos! Sally sonrió. Parecía que todo iba bien. A ella no le importaba el sexo de los bebés, como solían decir, lo importante era que vinieran bien. Aunque tampoco le hubiera importado tener una niña. Y menos después de haber visto como las desdeñaban en la India y como se deshacían de ellas. No pudo evitar recordar a aquella bebé abandonada con tan solo unos pocos días de vida.

A pesar de estar embarazada de gemelos, había regresado de la India con la firme intención de adoptar y, aunque sabía que no le concederían a Alisha, ella no descartaba empezar los trámites para la adopción de una niña más adelante.

La doctora terminó, le dio un poco de papel para que se limpiara el gel que le había extendido por la barriga y les pidió que esperasen fuera para recoger los resultados.

—Doctora Rivers... —Sally se tocó la barriga, con cierto temor—, ¿ya no hay riesgo?

—Ya has terminado el primer trimestre. Ese es el periodo en el que es más habitual tener pérdidas. Parece que todo va bien, así que relájate y sigue haciendo cierto reposo. No te vendrá mal estar tranquila —se giró hacia Thomas y le habló con voz seria—. Y usted, cuídela más esta vez —le ordenó la doctora que, pese a sus muchos pacientes, no olvidaba que la había dejado sola en su consulta y no había estado a su lado cuando había sufrido el aborto.

—Descuide. No pienso separarme de ella ni un segundo.

Sally se quedó petrificada al escuchar las palabras de Thomas.

—Nos vemos en unas semanas para la próxima revisión —se despidió la doctora.

Salieron de la sala un poco más relajados por lo que les había dicho. Cuando les entregaron los resultados y comprobaron que todo iba bien, respiraron aliviados, pero al salir a la calle se quedaron parados. Tenían tanto que decirse.

—Tu hermano, Charlotte y Henry me esperan para comer —Sally no sabía cómo enfrentarse a Thomas.

—Olvídate de ellos. Will está al tanto y sabe que tenemos que hablar.

—De acuerdo.

—¿Hay algún sitio tranquilo donde podamos ir a picar algo?

—Yo —tragó saliva— no tengo hambre.

—Tienes que comer y alimentarte bien.

—Lo sé, Thomas, pero ahora no. La situación es demasiado incómoda. Y todavía siento un poco de náuseas.

—Vale. ¿Quieres que demos un paseo hasta el Boston Common? Podemos sentarnos allí y hablar.

Ella dio un paso atrás, alejándose de él.

—Es que no sé de qué quieres hablar. La última vez que estuvimos juntos no me dejaste articular ni una palabra. Dijiste que todo había terminado.

Él se acercó a ella.

—También me dijiste tú eso a mí en una ocasión. Los dos lo hemos dicho y, ¿sabes qué? Que ninguna de las veces ha sido verdad. Lo nuestro no se ha terminado nunca.

Sally miró al suelo. Había tanta verdad en las palabras de Thomas que se sentía abrumada.

—La vida es generosa con nosotros. Nos está dando otra oportunidad. ¡Otra! ¿Y vas a echarlo todo por tierra sin que hablemos siquiera?

Le ofreció la mano y ella, dubitativa, la aceptó al final.

Caminaron en silencio hasta llegar al parque. Encontraron un rincón tranquilo y se sentaron en un banco.

—Siento que tuvieras que enterarte por Will —musitó Sally—. Quería decírtelo, pero no quería hacerlo hasta saber que todo iba a ir bien. ¿Para qué volver a aparecer en tu vida si cabía la posibilidad de que todo se fuera al traste?

—Lo entiendo. Aunque me hubiera gustado que en vez de pedirles ayuda a ellos hubieses venido a Londres a buscarme.

—Después de nuestra despedida no creí que fuese lo más adecuado.

—Ya —se rascó la cabeza, tratando de decidir cómo decirle aquello—. Ya no estás con Ethan, ¿verdad?

—¿Qué?

—Sé que lo elegiste a él cuando fui a la India. Te vi al día siguiente, besándolo, en medio del campo —agachó la cabeza. Recordar aquello siempre le dolía.

—Ethan y yo no...

—No tienes que darme explicaciones de lo que hiciste, estabas en tu derecho. Solo quiero saber si sigues con él.

Ella lo miró atónita.

—Will me ha dicho que no, pero quiero estar seguro.

—Tu hermano es un metomentodo.

—Solo se preocupa por mí.

Sally no sabía por dónde empezar. Ahora comprendía muchas cosas. Por eso Thomas había estado tan arisco con ella cuando fue a la estación. Por eso no la había dejado hablar.

Pensaba que estaba con Ethan.

—Él y yo nunca hemos estado juntos. No hay nada más, salvo esos dos besos que viste.

—Pero ¿por qué?

—Después de lo que habíamos vivido esa noche quise borrarte del todo de mi vida. Creí que el doctor Ethan sería el mejor remedio. Pensé que, aunque no lo quisiera como a ti, podría iniciar una vida a su lado —miró al infinito—. Me equivocaba.

—¿Quieres decir entonces que cuando viniste a la estación a buscarme no salías con él?

—No.

—Fui un imbécil. Debí haberte dejado hablar.

Ella lo miró con ternura. Los dos se habían equivocado tantas veces. Ahora se daba cuenta. Casi siempre por no ser capaces de comunicarse. Por no querer escuchar al otro. Por encerrarse en sí mismos y en sus problemas. Por no hablar.

Podrían haber arreglado las cosas mucho antes si lo hubieran hecho.

Ella siempre había pensado que la base de una relación era la confianza, pero a la hora de la verdad no le había concedido ni un solo voto a Thomas.

—¿Puedo? —le rogó él, pidiéndole permiso para apoyar la cabeza sobre su barriga.

—Adelante.

Thomas se recostó sobre ella.

—No puedo creer que vaya a tener dos hijos —susurró emocionado.

A Sally se le encogió el corazón al comprobar que la idea de ser padre sí le hacía feliz.

—¿Ahora ya no tienes miedo?

Él se incorporó antes de responder:

—Tengo mucho miedo —replicó, mirándola fijamente a los ojos—, por nada del mundo querría que te sucediera algo, pero ahora sé que no puedo paralizar mi vida por temor. Tengo que seguir adelante para ser feliz de verdad.

—¿Cómo vamos a hacerlo?

—Juntos.

—¿Juntos?

—Te dije en la India que no iba a dejarte escapar y lo hice. No pienso volver a cometer ese error.

Sally se quedó paralizada.

—No me mires así. Voy a estar a tu lado y no me separaré de ti un segundo. Y no es porque vayamos a ser padres. Es porque te quiero, Sally. Quiero estar contigo. Quiero formar una familia y quiero que seamos uno.

Sally no respondió y Thomas empezó a intranquilizarse.

—Di algo, por favor —suplicó.

—No sé qué decir —se puso de pie y empezó a caminar en círculos, nerviosa. Eran demasiadas cosas para asimilar tan rápido.

—Di lo que sientes.

—Yo...

Thomas se puso en pie y se acercó a ella. La rodeó por la cintura y ladeó la cabeza, acercando su boca a la suya.

—Deja que te bese. Si no quieres volver conmigo, al menos deja que te bese.

Sally entreabrió los labios, suspirando entrecortadamente. No había nada en el mundo que deseara más en aquel momento que sentir las manos de Thomas acariciando su piel y sus labios saboreando los suyos.

Thomas presionó sus labios contra los de ella y los mantuvo así unos segundos.

Se moría por besarla, pero quería que ella quisiera. Necesitaba sentirlo.

Sally se percató de lo que sucedía y supo que tenía que ser valiente. Debía luchar por su felicidad. Demasiadas excusas se habían interpuesto entre ella y Thomas.

Con la mano derecha, lo cogió del cuello y lo acercó más a ella, pero, a la vez, separó sus labios un segundo de los suyos.

Él abrió los ojos y la miró expectante.

—Este no va a ser nuestro último beso, señor Grant —le susurró al oído—. Va a ser el primero. El primero de los muchos que nos vamos a dar en nuestra nueva vida.

Thomas sonrió, aliviado.

—Señorita Hope, me temo que no van a ser muchos —dijo con voz ronca antes de lanzarse a devorar su boca—. Van a ser infinitos.

Ella gimió al sentir como él le mordía el labio inferior y se dejó llevar por el calor que Thomas, y las hormonas, le provocaban.

—Infinitos —repitió ella mientras su lengua jugaba con la de él—. Van a ser infinitos.

Aquel beso no pudo ser infinito.

A pesar de que no querían separarse, lo hicieron. Charlotte, Will y Henry los estaban aguardando para comer y ellos tenían muy buenas nuevas que darles. No querían hacerlos esperar.

Thomas recordó aquella mañana en Cape Cod en la que, después de pasar la noche por primera vez con Sally, había dado la gran noticia en el desayuno. Le parecía que había pasado una eternidad desde aquello.

Sally lo cogió de la mano y tiró de él, para que le prestara atención.

—¿En qué piensas?

—En nosotros. En todo lo que ha sucedido desde aquella noche en las dunas.

—Han sido muchas cosas. Todavía me cuesta asimilar que estés aquí. Creía que estaría sola en la ecografía.

—Era un momento importante, no podía volver a fallarte.

Ella sonrió.

—Luego le daré las gracias también a Will.

—Y a Charlotte —añadió Thomas—. Después de todo, sin ella mi hermano nunca hubiera creído en los finales felices.

—¿Tú crees en los finales felices?
—Yo siempre creí en el amor —respondió—, solo que no lo había vuelto a encontrar hasta conocerte a ti. He de reconocer que, cuando te vi en los brazos de aquel hombre —apretó los puños—, pensé que yo no iba a tener el mío, pero cuando mi hermano me llamó el otro día y me contó que ibas a tener gemelos...
—¿Sí? —apremió.
—Fui el hombre más feliz del mundo y supe que, esta vez, sí que tenía que recuperarte.
—Y ¿ya no te preocupa que me pase nada?
—No voy a negar que todavía tengo miedo, mejor dicho, pánico, al momento del parto, pero si me dices que vamos a estar juntos, lo superaré.
—Vamos a estar juntos —afirmó—. Aunque no sé cómo.
—No te preocupes por la distancia, Sally, esta vez no. Renunciaré a lo que haga falta para estar a tu lado, para ver tus ojos cada mañana cuando me despierte y para que cada noche me des uno de esos besos infinitos.
—¿Sabes porque nuestros besos van a ser infinitos?
—¿Por qué?
—Porque nada ni nadie podrá borrarlos de nuestra mente. Siempre estarán presentes en nuestros pensamientos, los reviviremos una y otra vez y nos acompañarán el resto de nuestra vida.

Las hermosas palabras de Sally conmovieron a Thomas, que supo que, por fin, la había recuperado.

Caminaron en silencio un par de minutos, sumidos en sus pensamientos. Había sido un día de muchas emociones y se sentían abrumados ante tanta felicidad.

De pronto, Thomas habló, alarmado:
—¡Sally!

—¿Qué ocurre?

—¿La doctora Rivers ha dicho que es posible que vayan a ser dos chicos?

—Sí. Aunque es pronto para asegurarlo.

—Y ¿cómo vamos a llamarlos?

Sally no pudo evitar responderle con una carcajada: si después de todo lo que habían vivido, ese iba a ser el mayor de sus problemas, ¡bienvenido fuera! Había pasado un mes en casa de su amiga Charlotte preguntándose cómo se lo tomaría Thomas y, al fin, tenía la respuesta.

Lo observó con detenimiento. Sus ojos azules volvían a brillar risueños. Estaba muy guapo y no era por la ropa. No.

La paternidad le sentaba muy bien a Thomas Grant.

Capítulo 31

EL PARTO

Cinco meses más tarde

Thomas se paseaba nervioso por la sala de espera. Tenía mala cara, estaba pálido y tenía ganas de vomitar.

—¡No entiendo que no me dejen entrar, joder! Hoy en día los padres entran al paritorio...

Charlotte se acercó a él y le ofreció una tila, que él aceptó, tan tembloroso que parte del líquido se le cayó al suelo.

—Cuñado, es una cesárea. Es una intervención quirúrgica. Solo dejan entrar a los padres cuando se trata de un parto natural.

—Esto es una mierda. No lo soporto. ¿Cuánto rato hace que se la llevaron?

—Hermano, tranquilízate —William lo tomó del brazo y lo llevó hasta una silla—. Las cesáreas son algo más habitual de lo que crees, no va a pasarle nada.

—¡No podría soportarlo!

Las imágenes del día en que su difunta mujer había dado a luz a Mary Ann se agolpaban en su cabeza y no podía evitar verse a sí mismo solo y con dos pequeños en los brazos. Era demasiado duro para imaginarlo siquiera. No podía perderla.

Sabía que no tenía motivos para ponerse en lo peor, pero no podía evitarlo. Había vivido una experiencia muy dura, y el hecho de que los pequeños se hubieran quedado estancados de peso y hubieran tenido que provocar el parto en la semana treinta y siete no ayudaba nada a tranquilizarle.

Le habían dicho por activa y por pasiva que todo estaba dentro de la normalidad de un embarazo gemelar, pero el miedo lo había invadido y no le dejaba pensar con claridad.

Y era verdad que no hacía tanto rato que se habían llevado a Sally al paritorio, pero a él se le estaba haciendo eterno.

—Venga, cuñado —lo animó Henry, que también estaba allí y que lo había perdonado meses atrás—. En un rato todo habrá pasado y formaréis por fin una familia de verdad.

Thomas levantó la vista y contempló a sus seres queridos. Todos estaban allí, arropándolos: la señora Grant, su hija Mary Ann, su hermano, acompañado de Charlotte y la pequeña Emma, Henry y los padres de Sally...

Como la doctora Rivers había programado el parto, todos habían tenido tiempo para presentarse en Boston.

Thomas llevaba ya una buena temporada allí. Había abierto una filial de su bufete de abogados en la ciudad, con Henry como socio, y había comprado una casa en la que vivirían todos, pues el piso de Sally no era suficiente para la familia numerosa que ahora iban a ser.

Mary Ann iría a vivir con ellos cuando empezara el

nuevo curso. Iba a dejar el internado. Ya estaba harto de tenerla lejos de él y sabía que Sally deseaba que todos estuvieran juntos. Por no hablar de lo que iba a disfrutar cuidando a los gemelos.

Se bebió la tila que su cuñada le había dado y se esforzó por relajarse. Miró el reloj. ¿Por qué nadie le decía nada?

Después de hacer el ingreso en el hospital y darles la habitación, se habían bajado a Sally a dilatación para ver si podían inducir el parto. Le habían hecho ponerse un gorrito y una bata verde, unos patucos de plástico sobre los zapatos y los habían metido en la sala de dilatación y le habían administrado oxitocina.

Al ver que las contracciones no aumentaban, la doctora Rivers decidió que lo más seguro sería realizar una cesárea. Un celador lo había mandado fuera a toda prisa y, en medio de todo el follón, casi no habían podido ni despedirse. ¡No le había dado ni un beso!

Se pasó la mano por la frente. Estaba sudoroso y se sentía mal.

—Papá, estás pálido —le indicó Mary Ann.

«Si solo fuera eso», pensó.

Estaba acojonado. Nunca en su vida se había sentido tan asustado. En el parto de Alice había estado tranquilo porque nunca se le hubiera pasado por la cabeza que algo pudiera ir mal. Ahora, sin embargo, todo lo que le venía a la mente eran complicaciones.

Una enfermera salió a la sala de espera y él tuvo que contenerse para no abalanzarse sobre ella para preguntarle si sabía algo.

Nada. Que no tenía ni idea. Había salido a avisar a otros familiares. ¿Qué clase de hospital era aquel? ¿Por qué no les facilitaban ningún tipo de información? Iba a volverse loco.

Mary Ann se sentó junto a él y le dio un beso en la mejilla. Él la rodeó con el brazo, agradeciendo el cariñoso gesto de su hija.

—Todo saldrá bien —le aseguró ella y, sin saber muy bien cómo, aquella afirmación de su pequeña adolescente logró infundirle ánimos.

Sí, todo iba a ir bien. La medicina había evolucionado mucho. Tenía que estar tranquilo.

Echó la cabeza hacia atrás y la apoyó contra la pared, abstrayéndose de todo. Las voces de sus familiares resonaban en su cabeza como un murmullo. Los oía, pero no escuchaba sus palabras.

—¿Señor Grant? ¿Señor Grant? —insistió una enfermera que acababa de entrar en la sala.

—¡Thomas! —gritó su hermano William al ver que este no respondía.

—¿Qué ocurre? —preguntó exaltado al ver que todos se dirigían a él.

—¿Puede acompañarme, por favor?

La siguió como en trance. ¿Por qué seguían sin decirle nada? Recorrieron un pasillo hasta llegar a un ascensor. Entraron y subieron un par de plantas y, después de recorrer otro pasillo lleno de habitaciones, la enfermera se paró ante la puerta 204.

—Pase, señor Grant.

Al entrar en la habitación, se encontró a Sally metida en la cama y con dos diminutos bebés en los brazos. Parecía cansada y no tenía muy buen aspecto, pero estaba ahí. Suspiró aliviado. No le había sucedido nada. Seguía con él. Y sonreía.

Se acercó a ella y sus ojos no pudieron evitar detenerse en aquellas dos personitas que dormían en los brazos de su madre. Le dio un amoroso beso en la frente y sintió que recuperaba el color de las mejillas.

—Qué mal lo he pasado, cariño.

—Tommy —lo riñó medio en broma Sally—, soy yo la que acaba de parir gemelos. ¿Quieres que te hable de sufrimiento?

—Lo sé, lo sé. Lo que tú acabas de hacer no tiene comparación, es solo que tenía mucho miedo. Temía no volver a verte.

—Aquí me tienes.

—¿Puedo? —preguntó, refiriéndose a si podía coger a uno de los pequeños en brazos.

—Debes. Eres su padre, ve practicando —respondió entre bostezos Sally—. ¿Y si los dejas en las cunas? Necesito aprovechar ahora que duermen. Y tú también. Voy a darles el pecho, pero como son tan pequeños tendremos que darles biberón de refuerzo. Se han librado de la incubadora por muy poco.

Thomas cogió primero a un bebé y lo depositó con mimo y cuidado en una de las cunas que había junto a la cama de su madre. Repitió la operación con el otro bebé. Los contempló ensimismado. Eran idénticos: tenían la nariz de su madre y eran pelones. Se preguntó si tendrían los ojos azules como ellos.

—Ya sé cómo quiero que se llamen —dijo medio dormida Sally.

—Por poco nos quedamos sin tiempo para decidir.

—Thomas y Henry.

—Son dos nombres magníficos y tu hermano se sentirá muy halagado.

Sally no respondió, sumida como estaba ya en un profundo sueño. Todavía le duraba el efecto de la anestesia y podría descansar sin dolor. A ella y a Thomas les esperaban unas semanas de mucho, mucho trabajo.

Se abrió la puerta de la habitación y Mary Ann entró sigilosa.

—¿Puedo pasar, papá? Sé que queréis estar solos con los bebés, pero quería conocerlos.

—Tú nunca molestas, cielo. Ven a conocer a tus hermanos, pero no hagas ruido. Están durmiendo.

Sí, iban a tener mucho, mucho trabajo. Por suerte, iban a tener una excelente ayudante.

Por fin formaban una verdadera familia. Justo lo que Sally había deseado desde el principio.

Epílogo

Dos años más tarde

La pasarela de madera que llegaba hasta la playa se había convertido en el pasillo hacia el altar. El cielo y el mar se unían al fondo en un azul infinito que recordaba a los ojos de ambos novios y las dunas rodeaban a los invitados a aquella ceremonia.

Dos angelicales niños rubios y rechonchos caminaban hacia el altar. Llevaban dos conjuntos idénticos de lino blanco y fajines en tono beige. Parecían sacados de una de las ilustraciones de Rubens. Andaban despacio, como les había explicado su madre que debían hacerlo, aunque de vez en cuando alguno se detenía a coger arena, se paraba en medio de la pasarela o echaba a correr, para alborozo de los invitados.

Detrás de ellos, su hermana mayor se esforzaba por controlarlos sin ningún éxito.

El novio esperaba impaciente en el altar. No podían haber elegido mejor lugar para comprometerse. El lugar que había visto nacer su amor.

Entre las dunas.

Esbozó una sonrisa al vislumbrar a la novia. Los invitados se pusieron en pie y la *Marcha nupcial* empezó a sonar.

Sally llevaba el pelo recogido en un moño bajo y lucía un sencillo vestido blanco de encaje con la espalda al aire. Estaba radiante.

Estaban rodeados por todos sus seres queridos.

A un lado, la familia del novio: la señora Grant, que lloraba emocionada al ver que por fin sus dos hijos eran felices; William y Charlotte, quien, aunque llevaba un precioso vestido rosa palo con vuelo, no disimulaba la incipiente tripita que indicaba que la pequeña Emma iba a dejar de ser hija única; y hasta la señora Jenks, quien, aunque hacía tiempo que estaba jubilada, no había querido perderse aquella gran ocasión.

Al otro lado, la familia de la novia: los padres de Sally, que no cabían en sí de gozo, y Henry, que, aunque trataba de mantenerse sereno, no podía evitar que las lágrimas de alegría acudieran a sus ojos.

También habían viajado hasta allí Paula e Indra, para acompañar a su amiga en el día más importante de su vida y conocer por fin a sus pequeños.

Ethan, que también había sido invitado, rechazó cortésmente la invitación. Había regresado a Australia para empezar su vida de cero y volver a verla solo hubiera empeorado las cosas. Les envió una nota deseándoles lo mejor y Sally comprendió que era mejor así.

La celebración transcurrió en armonía. William y Charlotte realizaron un discurso homenajeando a los novios y luego ellos leyeron sus votos para cerrar sus promesas de amor con un beso.

* * *

Unas horas más tarde, mientras los invitados disfrutaban del baile, Thomas y Sally se escabulleron hasta la casa de sus amigos y se sentaron en el balancín del porche.

—Nos ha llegado un último regalo de bodas —dijo Thomas, entregándole un sobre.

—¿Qué es?

—Ábrelo y lo sabrás.

Sally lo rompió y sacó la carta que había en su interior y no pudo evitar soltar un grito de alegría.

—Al fin nos han concedido la adopción.

—¡Oh, Tommy! No puedo creerlo, ¡es maravilloso! —se le iluminaron los ojos al contemplar la fotografía que acompañaba la misiva. Una niña india de unos tres años de edad sonreía a la cámara—. Alisha.

—Por fin vuelve a estar contigo.

—Creí que no lo lograríamos.

De mala gana, Thomas admitió que alguien les había ayudado a conseguir que se la entregaran.

Sally apretó la foto contra su pecho. El bueno de Ethan. Al final, había conseguido que se saltaran el protocolo. Ese gesto no lo olvidaría nunca. Era el mejor regalo que podía haberles hecho.

—Resulta curioso que los dos volviéramos de Anantapur con la firme convicción de adoptar, ¿verdad? —comentó Thomas, tratando de desviar la conversación hacia otro lado.

—La India hizo mucho por nosotros. De hecho, nuestros pequeños vienen de allí —rio—. Lo menos que podíamos hacer era darle algo a cambio.

—Sí, tienes razón.

—¿Cuándo?

—El mes que viene tenemos que viajar a la India a recoger a la pequeña.

Los dos se fundieron en un cariñoso abrazo. No había mejor forma de culminar aquel día de fiesta.

Los invitados seguían bailando y sabían que debían ir a reunirse con ellos, no podían dejar mucho rato solos a los gemelos, eran demasiado dados a hacer trastadas, pero quisieron dar un paseo por la playa que había visto nacer su amor.

Caminaron por la orilla y Sally se detuvo para quitarse las cuñas blancas que lucía a modo de zapatos de novia. Metió un pie en el agua y se giró hacia su recién estrenado marido. Lo miró risueña, con la alegría que la caracterizaba y que hacía tiempo había recuperado, y tiró de su mano atrayéndolo hacia ella.

Thomas sonrió, recordando su primera noche juntos.

Las olas mojaron sus zapatos y el dobladillo de su pantalón, pero no le importó. La estrechó con fuerza en sus brazos y acercó su boca a la de ella para besarla.

Sally cerró los ojos. Se dejó envolver por el sonido de las gaviotas, por el murmullo de las olas, por el salitre del mar y por los brazos del hombre de su vida. Luego lo besó, saboreando sus labios como si nunca antes lo hubiera hecho.

Fue un beso infinito.

Un beso infinito que recordarían todos los días de su vida.

AGRADECIMIENTOS

Gracias, mamá, por ser mi lectora y correctora oficial y, aunque a veces suponga algún enfado, por hacerme sacar siempre lo mejor de mí.

Gracias, Carlos, por ser un padre ejemplar y ayudarme a sacar horas de donde no las hay y, además, por encontrar el tiempo de ser el primero en leer mis libros. Gracias por vivir mis sueños conmigo.

Gracias, Mª Eugenia, por ser una editora maravillosa y creer que Thomas y Sally tenían mucho más que contar de lo que yo pensaba en un principio.

Sin vosotros tres, esta novela nunca hubiera visto la luz.

Y gracias a ti, lector, por quedarte con ganas de saber más sobre esta adorable pareja después de haber leído *En un solo instante* y haber querido conocer su historia.

ÚLTIMOS TÍTULOS PUBLICADOS EN HQN

Sígueme de Victoria Dahl

Siete noches juntos de Anna Campbell

La caricia del viento de Sherryl Woods

Di que sí de Olga Salar

Vuelve a quererme de Brenda Novak

Juego secreto de Julia London

Una chica de asfalto de Carla Crespo

Antes de besarnos de Susan Mallery

Magia en la nieve de Sarah Morgan

El susurro de las olas de Sherryl Woods

La doncella de las flores de Arlette Geneve

Vuelve a casa conmigo de Brenda Novak

Acariciando la oscuridad de Gena Showalter

La chica de las fotos de Mayte Esteban

Antes de abrazarnos de Susan Mallery

El jardín de Neve de Mar Carrión

www.ingramcontent.com/pod-product-compliance
Lightning Source LLC
LaVergne TN
LVHW030343070526
838199LV00067B/6422